侯文詠

烏魯木齊大夫說

全新版

DOCTOR WOO'S CONSULTING ROOM

【全新版序】

烏魯木齊大夫萬歲

烏魯木齊大夫最早是刊登在中國時報上，諧仿當時流行的Q＆A專欄的遊戲之作。當時的動機除了好玩之外，還是好玩，心想：人生別這麼嚴肅嘛，腦筋轉個彎，事情總有別的辦法。過了十六年，現在要改版重新上市，本來我還有點擔心，可是編輯大人們安慰我，說會把過時都改掉，再讓我看看。

不久，草稿來了。雖然改動很有限，但這份草稿，除了Bo2生猛有力的新插畫外（一邊看一邊真的很想為他拍拍手），老實說，我最大的興趣其實是：過了十六年，到底都是哪些過時了？

我做了一張簡單的統計分類表，（由於烏魯木齊大夫向來不得罪人，原來那些被編輯認為過時、修改掉的人名我就不舉列了。）這些用來替代舊名詞的新流行名詞，依照被改動數量的多寡，分別是：

偶像類：小豬羅志祥、蔡依林、F4、棒棒堂男孩、田壘

科技類：手機（原：B.B.Call）、Wii拳擊（忍者龜）、跑跑卡丁車（賽車）

俚語類：把妹（原：把馬子）

制度類：學測（聯考）

這張統計分類表有點讓人覺得驚心動魄。原來有許多在我們心中曾經覺得那麼重要的人事物，是那麼容易就過時了。

當然，其他那些一字不動的內容也未必就更禁得起時間的考驗。

只是，經過了那麼多年，地球又轉了那麼多圈，新生了那麼多人、死去那麼多人，又發生了那麼多不管是得意的、失望的……事情，烏魯木齊大夫的許多胡言亂語看起來依然好笑，他的很多不正經的處方還是一樣有效。

這可能是活在這個人的世界裡，最令人覺得安心的一種感覺了。同時，也是那個年輕的烏魯木齊大夫，開給我這個老了變得有點嚴肅的作家，一劑很好的處方箋。為了感謝烏魯木齊大夫，我願意在此用一種近乎諂媚的方式向他致意，並且大喊：

不正經萬歲。胡言亂語萬歲。烏魯木齊大夫萬歲！

contents

CHAPTER 3 職場人際失調科

CHAPTER 4 學習障礙身心科

CHAPTER 5 特殊隱疾秘診間

Chapter 1

愛情心病診療室

引羊入室麻煩多

多情的烏魯木齊大夫：

如果你第一次帶著女朋友到你的臥房參觀，你正得意地介紹你的音響，你的擺設，你的品味。這時，她卻在地上撿到一條細長如絲的秀髮。

她很客氣地問你：

『你是不是常帶女孩子到你的臥房來？』

你該怎麼辦？

老實

你完蛋了，老實兄：

本大夫相信真相只有你自己知道，不過你愈描愈黑。暫時教你幾招。

一、抵死不招：你的女友是吃醋型或是偵探小說迷，你的策略就是抵死不招，不管你有沒有做過什麼。你必須很天才地編出令人信服的道理才行，光說是你媽媽掉的，或者是你姊姊掉的，那是不行的（尤其當她們都是短頭髮時）。你編出的故事愈不可思議愈有信服力。好比說上個禮拜日你的奶奶和媽媽在你的房間打架，你的奶奶抓媽媽的頭髮，或者嫁禍給別人，就說你有個兄弟叫烏魯木齊，常常帶女友來，你把房間借給他……。你故事愈是離譜，你的表情愈要誠懇，到了你自己都覺得千真萬確，你自己都很迷惑的地步。

二、痛改前非：你看過佈道大會。許多人過去都是大惡魔，自從認識了宗教之後，變成一個虔誠的信徒。他的過去形容得愈不堪，他的改過自新就愈顯得珍貴。你也是一樣。過去種種譬如昨日死，今後種種譬如今日生。而這一切，都是因為認識了她。你的過去那些日子愈荒唐，她對你的意義就愈重大。她會對你的坦誠感到滿意。為了她，你要有一個完全不一樣的開始。別忘了來一段浪漫激情的對白，告訴她（那怕這句話已經老掉牙了）：

『妳的過去我來不及參與，但是妳的未來一定有我。』

三、欲擒故縱：你是個很酷的人。瞇著眼睛，直截了當告訴她：

『有時候，我是個很壞的男人。』請她不要靠你太近，免得她無法承受自己對你的真情。千萬保持你的風度，讓她自己想像。烏魯木齊大夫覺得很奇怪，大部分的女生都不相信壞男人的話，包括這一句。她們相信自己，相信她們能把你變成好男人。

好了，就這麼幾招。你要是有什麼更好的方法可以寫信來告訴我。不過別老是動不動就要帶女友參觀你的臥房，過來人鄭重警告你：

不要太相信自己的自制力！

坦白告訴妳，在認識妳之前，我其實是個壞人……

郎心，狼心？

親愛的烏魯木齊大夫：

他是個內外在皆是粗線條之人；而我與他相反。他自己可以做錯任何事，卻處處要求我做得十全十美，我真的好痛苦哦！

他時常用尖酸語言吼我，將我罵得一無是處，我總是力求自己忍耐，但日子一久我不禁問自己：『難道我就這樣過了一生？』

大夫，您一向答覆問題時不偏不倚，又不失幽默之風，因此今日小女子才向您請教，請大夫務必救我！

二十五歲的　小女子

可愛的小女子：

既然他這麼爛，妳還想和他在一起，想必他有出色的地方值得留戀，妳才會不知如何割捨，對不對？恭喜妳！婚前如果看到了對方百分之九十以上的缺點（優點暫且不管了），妳還敢嫁給他，那麼婚後，再怎麼爛也只有百分之十是新發現，新產品，妳的處境會比別人好一點。所以妳的病情並不太嚴重，問題重點應該在於妳敢不敢，要不要，願不願意這樣過了一生？

在還沒有抉擇之前，先做以下三題是非題。其中任何一題的答案如果是『錯』，妳就不用再往下看了。如果三題答案竟都是『是』，那……我只好做出宣佈得癌症時那種群醫束手無策的表情，妳自己看著辦了。

一、『你是我生命中的陽光』：他是不是妳的指導者？他的個性比較權威，總是指責這個指責那個。妳剛好比較沒有主見，較孩子氣，喜歡小鳥依人的感覺？你們的結合接近親子型的結合。他既照顧妳，又教導妳，每次罵妳甚至打妳都是為妳好？是不是？（妳一直點頭，問我怎麼知道？妳完蛋了！快再看下去。）

二、『與郎共舞』：他是不是很感性的人？妳覺得他有點瘋狂。他興奮的時候只要妳給他三十分鐘，他可以給妳全世界。他也很容易情緒低潮，他情緒低潮時妳覺得他好憂鬱，妳好想抱著他、安慰他。每次他闖入妳的生活都把妳弄得秩序大亂。妳必須配合他的起伏。看不到時想念得要死，一見了面又覺得很煩？

三、『再愛我一次』：每次妳挨罵決心不理會他時，他忽然又大徹大悟，跑來甜言蜜語，請求原諒，下不為例。但是他永遠都是勇於認錯，絕不改過。妳每次不忍心，原諒他，但他過了不久，情緒起伏，又對妳大吼大叫，還推妳，打妳。而且還有愈來愈嚴重的趨勢。他自己都無法控制，妳也無法控制自己不原諒他。如此惡性循環，生生不息。

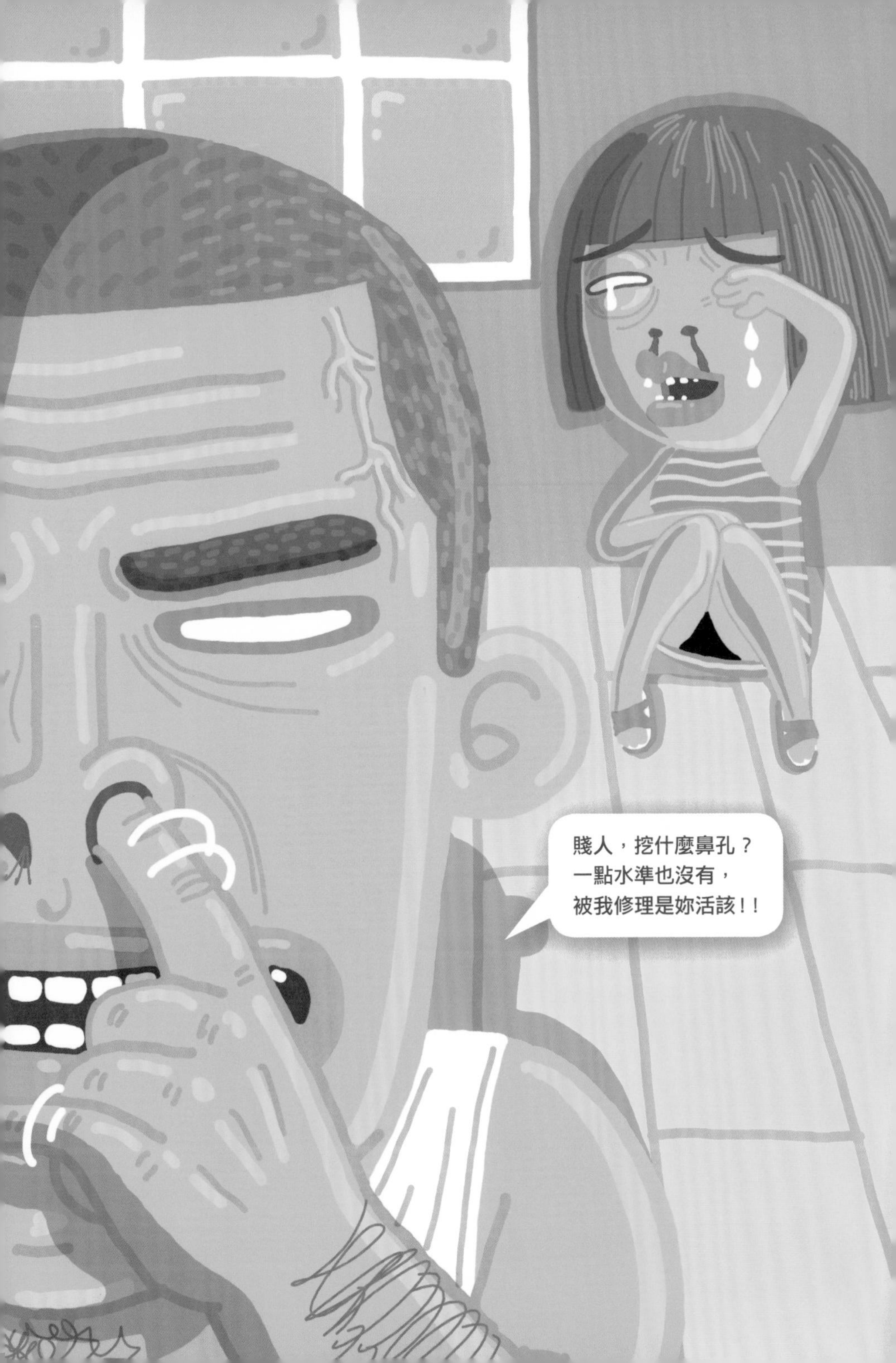
賤人，挖什麼鼻孔？
一點水準也沒有，
被我修理是妳活該！！

好了，診斷出來了！這是典型的『婚姻暴力』結合，排行婚姻殺手第二號。如果妳不幸三個問題答案都是『對』的話，妳最好考慮考慮。事態可能比妳想像的還要嚴重。本大夫就見過累犯的老公長跪在娘家門口求老婆。娘家的人都狠了心告訴老婆再跟他回去的話，就脫離父女關係。結果老婆耐不住老公的哀求，還是回去了。果然不久又挨打哭哭啼啼回娘家了。致命的吸引力，無盡的鬧劇，唉……。

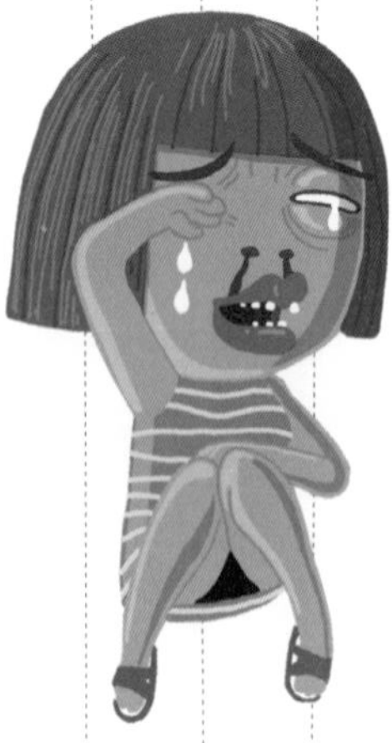

沒有男友麻煩多

英明睿智的烏魯木齊大夫：

我有一個很煩人的問題，請你出些鬼點子來幫我解決。如果妳明明沒有男朋友，而妳的親朋好友卻又認為妳有。否認他們也不相信，甚至叫妳帶回家看看。我快被煩死了，該怎麼辦？

小煩　敬上

親愛的小煩：

妳有沒有聽過曾經有一個女孩這樣祈禱：感謝上帝並沒有許應我的每一個祈

求，要不然我現在已經嫁錯好幾個老公了。

本來這種事就是千秋萬世之業，那容得別人催促？好在妳的親朋好友只是好心加好奇，並沒有什麼惡意，並不難打發。

一、不久的將來法：記不記得我們小時候寫作文？相信在不久的將來我們就能反攻大陸，解救大陸同胞，將三民主義的種子散播到全國的每一個角落。就是那樣的語氣。不要一下就告訴別人沒有男朋友，那未免太教人掃興，同時也引人懷疑。給那些關心妳的人一個希望，不管希望會不會實現。妳很擔心，問我：那下一次見面怎麼辦？妳這麼老實，難怪還沒有男朋友。下回對方忘記了，再不然妳忘記了，就算妳們兩人都記得，妳也可以告訴她換男朋友了。什麼時候帶給她們看？當然是再下一次，不久的將來。要是她們膽敢表示不耐煩，妳就告訴她們，妳自己比她們還要煩，請她們稍安勿躁。

你們不知道我失戀了嗎？
不要再跟我提男朋友這三個字！！

二、一千零一夜法：編一段故事滿足她們的好奇心。說男朋友的父母反對，在他們還沒有同意以前，他是不會見我方任何人的。每天編一段情節滿足關心者的好奇。每次的結果都是下回分解。這樣可以磨練妳的想像力。萬一將來真的沒有老公，還可以去寫愛情小說當作家。

妳不會編故事？那也不難，隨便去找本言情浪漫小說，男女主角各改個名字就ＯＫ了。

三、失戀陣線法：自己說失戀別人不相信，請別人幫妳說。找個要好的朋友，告訴她妳的苦惱，請她幫忙。再有親朋好友相問，妳的朋友就出來代打。叫她指著妳說：她失戀了。妳什麼都不用說，只要點點頭就好。親朋好友還不識相，妳的朋友就說：她很煩，需要安靜。妳把眉毛往下垂，像歌手張清芳那樣。請讓她一個人好嗎？妳的朋友又接著說。妳只需轉過身，掏出手帕擤鼻涕，她們就會以為妳在哭。要是還不走開，妳就轉身過來罵人：走開！妳在失戀，罵罵人妳的親朋好友都會原諒妳的。

一定有人教妳，治標不如治本。妳找個男朋友，嫁了人，沒有人問這個問題，妳就不煩了。聽起來有道理，對不對？本大夫從前也有類似的煩惱，現在結婚了，是不是從此沒有煩惱了呢？

別傻了。我在此奉勸妳。

愛到發瘋?!

親愛的烏魯木齊大夫：

怎麼辦！我該怎麼辦？想不到已升到高中的我，仍然迷戀著偶像，但我喜歡的他不是郭富城，更不是劉德華，而是小豬羅志祥。知道嗎？我可以說我自己似乎已經無藥可救，有時還真想把自己打包好送到『瘋人院』。因為，我自己真的沒法克制自己瘋狂的喜歡他，常常想把自己變成一隻牆角的蟑螂在一旁看著，我也甘心。這還不算什麼，更嚴重的，只要有人說她喜歡小豬，我真恨不得想要殺了她（不過沒膽量），而且日日夜夜、時時刻刻無不想著他，我真的快瘋了，大夫，救救我！

小豬 Fan

親愛的小豬Fan‥

烏魯木齊大夫很肯定地告訴妳，妳很正常，妳不會發瘋。妳將像所有曾經醉心過偶像的人一樣，一天又一天過著日子。直到有一天，妳和妳的偶像都老了。就像本大夫迷戀過的所有偶像一樣，『幻滅是成長的開始』，同時『謝謝你曾經愛過我』！

講得如此滄桑，妳一定不能接受。好啦！簡單的說，這是一種類似感冒發燒的症狀，不會死人，不過也沒什麼特效藥，時間到自然就好了。

不過還是提供妳一帖『斯斯』，以防止妳二度感冒‥

一、只要我喜歡，有什麼不可以：光明正大地喜歡他。收集他的照片，聽他的歌，參加他的演唱會，送他鮮花，小禮物，有機會還跟他合照，請他簽名，甚至狠狠地吻他一下，讓別人羨慕死！

別讓自己有罪惡感，人生而無癖，那還有什麼意義呢？本大夫最崇拜國父孫中山先生。妳看，既沒有演講會，也沒有機會送他鮮花，老是考那些連國父恐怕都考不及格的國父思想、三民主義考試。想想，喜歡小豬的人實在是幸福的呢！

二、讓小豬更好：妳想，別人喜愛小豬，妳就想幹掉別人。假如妳的願望真實現了，那還得了？沒有人敢買小豬的唱片，他的唱片賣不出去，很快就沒有下一張唱片了！一旦沒有下一張唱片，小豬很快就消失在螢光幕前，變成了只是雜貨店裡的一個小羅，或是區公所的一個老羅，那真是妳的願望嗎？所以，妳愛小豬，我愛小豬，大家都愛小豬，明天才會更好！懂嗎？

三、昇華法：愛到深處不能承擔時，最好的方式就是昇華。充吾愛汝之心愛天下人之所愛。

妳很愛小豬嗎？很好，每次妳想他時，就丟一塊錢收集起來捐贈給『慈濟功德會』。妳常常想，就有很多錢跑出來。如此，痛下決心，不但可以統計出妳對小豬迷戀的決心，同時天下的人都會因妳的愛而受惠，那實在太好了！

再說，妳要『對你愛愛愛愛不完……』就得『荷包掏掏掏掏不停……』，對妳戒掉這個親愛的壞習慣一定有莫大的幫助的！

記得年輕時，只要一想起偶像，
我就存一萬塊！！瞧，現在的我
已經是億萬富翁囉~~

又期待，又怕受傷害？

烏魯木齊大夫，您好：

如果你喜歡隔壁班的一個女孩子，可是卻不知如何向她啟口，該怎麼辦？

單相思

親愛的相思先生：

你的問題看來不容易。勇敢地向前去自我介紹：『小姐，我可不可以和妳做朋友？』多半惹來一陣白眼。卯上勁寫封情書，又難保明天不被貼在佈告欄上，真不知如何是好。別急！本大夫替你擬定作戰計畫：

行動一：觀察。觀察的重點不在於對方的三圍或裙子的長短。詳細地觀察她的作息（中午吃自助餐，晚上到圖書館看書），習慣（坐1路公車，用某牌數學參考書）等等。有了詳細的觀察與記錄後，才有進一步行動的可能。

行動二：自然就是美。有了觀察的結果之後，你就可以開始設計你們自然相遇的時地物交集點。不懂？舉個例子，經過長久的觀察之後，你們很『自然』地在餐廳相遇，很『自然』地坐在對面。你們的湯很『自然』地並列在餐桌中線。『自然』你不小心地喝錯了她的湯。等她開始注意你時，你就可以用抱歉『自然』地打破目前的僵局。

行動三：開放性的對話。『小姐，妳好漂亮。』這種老掉牙的對白就省省吧。除了『謝謝』之外實在找不出別的答案。（除非她說『很多人都這麼說。』）接著尷尬馬上把你們兩個人啃得骨頭都不剩。等你說完抱歉之後，準備一些開放性、接得下去的話題，好比：妳看的某牌數學參考書，我們數學老師鄭重警告我們不要用。（引起好奇。接著可以申述為什麼不要使用，舉例說明使用的後果……）

行動四：後續動作。你的思慕之意不用急著表達。在對方還沒有機會認識你之前，你的愛意不過是一種壓力。整個行動的目的在於提供對方一個認識你的機會。你可以提出一個正當理由作為下次見面的延續。例如：我們數學老師推薦一本參考書，我覺得很不錯，明天我帶來借妳參考參考……

行動五：接下來全靠你自己了。你這麼好的人才，如果她竟然拒絕你，她真是瞎了眼睛。沒關係，你是寬宏大量的，再給她一次機會，讓她有這個福氣去體會你的英明和偉大。萬一她連第二次的機會都不懂得珍惜，那我們只好感到遺憾。可能她上輩子修的福分還不夠，只好請她這輩子再接再厲努力再修行了。

小姐，我很自然的蹲到妳隔壁，
也很自然的想借妳這本參考書，
就讓我們自然的認識吧！

愛在心裏口難開

聰明幽默的烏魯木齊大夫：

我是一個將畢業的學生。我非常仰慕一位老師，可是一來他不是導師，二來我本身也很害羞，以致至今我都只敢在遙遠的地方看著他。不知是否你有什麼錦囊妙計可以讓我在畢業之後比現在感到更親近。因為我很害羞，所以寫信、打電話一途我也不敢做，真難為你了！對不起，謝謝。

害羞的小妞

害羞的小妞：

如果妳是那麼地仰慕妳的老師，這並不難。妳可以找來許多同學，一起辦個郊遊，同學會，到老師的家裡發邀請卡給他，請老師一起來參加。郊遊期間你們可以照許多照片，沖洗之後，再送到老師家中去。這樣一共一魚三吃。之後還可以請教老師以後在高中或是大學，他的專科該如何學習與準備。等到這一切都很愉快之後，還可以請教老師做人處事的道理……，老師對妳的幫忙這麼大，妳的爸爸媽媽當然應該請老師來家裡吃吃飯（嘻嘻嘻，已經製造那麼多機會了）……。

但是，如果妳對老師不單純是仰慕，還包含了『愛慕』，那就比較麻煩了。

通常學生『愛慕』老師，但是老師多半『愛護』學生，所以成功的機率相當渺茫。烏魯木齊大夫給妳幾個良心的建議：

一、臥薪嘗膽：我愛老師，老師不愛我。好，沒關係，我把老師的照片貼在牆上，每天看十分鐘，同時唱〈明天會更好〉激勵自己。

二、做十年國家建設計畫：妳現在是一隻『醜小鴨』，同時也是學生。沒有關係，給自己十年的時間，努力奮發，變成世界上最美麗、最有學問、最有氣質、最有內涵的超級美女。

三、十年之後，妳還愛他嗎？公佈本大夫十年前女朋友的標準是如下：長髮飄逸，會彈鋼琴，只吃一點露水。身體要修長，穿著白色長裙，可在風中搖擺。偶爾吐兩口血，那就更好了。

以本大夫今日眼睛愛吃冰淇淋的習性，妳一定覺得不可思議吧？不過今之視昔，猶如來者之視今。十年後，當妳的周圍圍滿了一些殷勤的帥哥時，妳還記得今天的那老師嗎？（這是為人師表永遠的苦楚。）

還有什麼問題的話十年後寄給我，本大夫會在那裡等妳。

老伯，別鬧了，你哪可能是當年那個帥氣的張老師？

當上行政院長，再說?!

親愛的烏魯木齊大夫：

我是個滿漂亮的國二女學生，走在路上或者停留在某些地方時，難免都會遇上想交個『朋友』的異性。但在求學階段我不想分心，可是又不知如何委婉的拒絕他們。畢竟交『朋友』嘛，又不是女朋友。可是一旦資料給了他以後就……，你有什麼高招嗎？

王昭君

親愛的王昭君：

本大夫可以想像妳的痛苦。走在路上好好的，忽然來了一個人，瞇著眼睛說：小姐，妳好漂亮。妳很抱歉地說：是啊，我也不知道怎麼辦才好，一點都不能控制。他說：我們交個朋友好不好？妳說：可是我還要讀書，不能分心。他說：沒有關係，只是交個朋友嘛……。妳望著他，心裡在想他到底是大野狼還是小鹿斑比……。妳實在是太痛苦了。本大夫很想說：讓我也痛苦一下，好不好？

教妳幾招。

一、讓更多人知道妳的痛苦：沒事不要一個女生走在路上，或者停留在某個地方。（妳知道那看起來像什麼嗎？）找幾個死黨在一起，確信裡面沒有比妳更漂亮的，要不然妳就沒有困擾了。好了，現在有人來交朋友了，這麼虛榮的事當然要讓更多的人看到才好。不但如此，愛屋及烏。妳的死黨也都沒有『異性朋友』，請看電影？請吃飯？討論功課？請他一併考慮。

二、別給他資料：除非他有法院的搜索證，或檢察官的調查權，否則依法妳有權保持緘默。妳可以告訴他，我正在等我的男朋友，現在很忙。如果他還死纏不放，妳就開始形容妳的男朋友是柔道教練，或者是刑事警察，再不然是賭場保鏢……，讓他知難而退。（萬一他長得不賴，怎麼辦？妳嘟著嘴問我。）好，那也不需給他資料。請他留下電話、姓名……等等，然後請他回家等候通知。

三、給他激勵：妳知道羅家倫先生追北大校花時，對方開出什麼條件？對，等他當上北大校長再說。醫學家杜聰明先生也是因為拿到了臺灣的第一個醫學博士才娶得美嬌娘。妳現在知道偉人都怎麼辦了。請他當上行政院長或者是台大校長，最起碼也要是國民黨主席，再來找妳。妳問我，萬一他真的當上了怎麼辦？那我反問妳，行政院長來和妳做『朋友』，有什麼不好？

好了，儘管妳再怎麼沉魚落雁，交通安全要注意。本大夫再度叮嚀妳，路上實在不是交朋友的好地方。

小姐，我想跟妳做朋友……恩，還是算了……

字醜加臺灣國語，追校花？

幽默的烏魯木齊大夫：

如果你想交女朋友，可是字寫得很醜，怎麼辦？

潦草

親愛的潦草先生：（我希望是潦草沒錯，字實在不易分辨。）

嗯，從你來信的字體看來，你這話並不誇張。你可以準備一缸水，學古代的書法家，每天磨墨寫字，等寫完一缸水你就是書法家了。寫毛筆？落伍了？好，那你好好學習電腦中文輸入，什麼倉頡、注音、大易……都可以。本大夫所有的文件一律都是電腦輸入（老編可以作證，絕不說謊。）就是為了這個緣故。嫌太麻煩了？好，那你以後的情書一律都登到時報的留言板。什麼？字太少？那登抒情廣告專欄，愛登多少就登多少，保證字又大又漂亮。太貴？

唉！吾未見好德如好色者。你的愛心這麼大，決心這麼小。

嫌本大夫的點子太過烏魯木齊？沒一個中用？掛本大夫的門診掛號時間長，候診時間長，領藥時間長。問診時間短，檢查時間短。準備去告狀，給我也來個三長兩短？等一下！在你翻臉之前，我有話要說。

你知道越戰時美軍怎麼打仗的嗎？他們先派轟炸機以優勢的武力把整個山頭炸翻了兩層。越共早知道美軍的打法，所以挖好地道因應。往往花了幾億經費，只炸死了一、兩個越共。最後沒辦法，只好派陸戰隊登陸，一寸一寸地掃蕩。你的字很好看，你的長相很好看，給人的轟炸力、震撼力固然很大，可是能炸死敵人的抵抗細胞就像優勢的空軍一樣，老實說實在很有限。

你的字很醜，國語說不標準，不會彈吉他……那剛好。人對美麗的東西往往會有種潛在的抵抗。你失去了優勢的空軍，那也不打緊。你穩健踏實，幽默風趣，忠厚老實，孝順父母，遵守交通規則，堅守民主陣營，復興中華文化……，這些都是你的陸戰隊。不管你的空軍軍力如何，你全憑這些一寸一寸地消滅敵人。

還是沒懂？那我再告訴你，字漂亮的人追不到女朋友的比比皆是，你別再『牽拖』了。你缺的是自信和內涵。羅家倫人醜都追得到北大的校花了，何況你只是字醜而已。（做打呵欠狀）

別老是問這種連實習大夫都不太感興趣的病例。本大夫在此候教。下次問點有水準的過來。

只要把後面這些水寫完，
保證美眉愛死你！

Chapter 2

有苦難言家醫科

亂丟襪子的男人

親愛的烏魯木齊大夫：

你要是有辦法叫我的老公不要到處亂丟襪子，我就算服了你！

小可

親愛的小可：

忠臣出於孝子之門。同樣，懶惰的老公，勤勞的太太多少要負一點責任。

有幾個處方或許可以給他一點教訓：

一、警告標識：所謂不教而殺，謂之賊。妳可以在他的襪子上，做一些警告圖案或標示，讓他有所警惕。如果圖示在他脫襪時還不足以引起他的注意，妳可用防水筆寫上一些格言，諸如：不亂丟襪子的人有福了！或者：亂丟襪子的人是豬！再狠一點如：隨地亂丟襪子處睡客廳一個月有期徒刑！萬一這些都無效的話，妳只好撿到他亂丟的襪子就剪洞。當他完整的襪子愈來愈少，老是穿著有洞的襪子上班時，應該會有所警惕的。

二、以暴易暴：男人有一點可愛的小小的無傷大雅的壞習慣，妳也相對地去養成一個。這個壞習慣最好是對他的威力愈大愈好。對男人什麼壞習慣威力最大呢？別說是烏魯木齊大夫教妳的，把耳朵附過來，我偷偷告訴妳，那就是——花錢！

在你們家設置一個公佈欄，整齊地分出上下兩欄。妳撿到他亂丟的襪子，就釘在公佈欄的上欄。相對地，拿信用卡去消費，在下欄寫出妳花掉的錢數：如，皮爾卡登皮包一只，一萬兩千元。他襪子丟得愈多，妳愈開心。很少有男人承受得住這種壞習慣的，我保證妳勝券在握！

三、創造無襪環境：去買一罐防水白漆，細心地塗在他小腿露出鞋子外面的部分一截，看起來像穿上了白色的襪子一樣。

丟掉他所有的襪子！從此他再也不需要襪子了，只要看來像有穿的樣子即可，以妳的老公那麼懶惰的男人，他一定喜歡這個點子。一個不穿襪子的男人，自然也就沒有亂丟襪子的問題，妳說是嗎？

事實上，痛苦是相對的。再怎麼說，妳的老公不過只穿兩隻襪子。要是青蛙或者是水牛的老公，那就慘了，更別說是蜈蚣的老公了，對不對？

我就不信這樣你還能亂丟！

民進黨國民黨大車拚

敬愛的烏魯木齊大夫：

如果您的老公是民進黨，而小叔則是忠貞的國民黨員，偏偏你又必須與這兩人同處一屋簷下，試問英明如你，該怎麼辦？

比氣象台風向雞還累的人　敬上

可憐比氣象台風向雞還累的人：

十字軍東征可以一手聖經一手寶劍。中國人卻可以一個家庭每個人信仰不同的五、六個宗教。所以中國人有一定的寬容與修養。再說，所謂的齊家治國平天下，妳就是家庭主婦，他們不把這個家齊好，妳也不讓他們治國平天下。

妳可以從情理法三個方向下手：

一、大家來說『理』：民主是數人頭，不是比拳頭。管妳老公小叔，國民黨民進黨，提出政策來。你們家共有三票，誰說服妳，誰就有百分之六十六的民意。妳可學劉邦進入長安城時，與民約法三章：打架者死。吵架次之。萬一他們還野蠻不馴，家裡陷入動亂，妳只好更進一步，實施戒嚴法；在你們家做出一個大公佈欄，請他們有話寫出來，有證據提出來。其他時間，全面宵禁，不准談論政治，直到情況改善為止。

二、訴諸『法』律：什麼法律？妳問我。當然妳就是法律呀！妳提出的遊戲規則大家都不願意遵守，那只好依法辦理了。首先，妳可以『絕食』。所謂的絕食不是叫妳餓肚子，相反的，是要叫妳的老公小叔餓肚子。只要有人違反戒嚴法一天，妳就一天不煮菜。看他們肚子重要還是國家民族重要？萬一不行？別擔心，治老公妳還不會？刷他的信用卡啦、『絕』笑啦、『絕』床啦……，看他怕不怕妳？

三、動之以『情』：如果妳的老公和小叔都是『不要錢、不要命、只要國家強，只要台灣好』的那種狂熱份子，妳的說理、依法辦理都宣告失敗，那只好動之以情了。聽過吳鳳的故事嗎？漢人與原住民的爭端沒完沒了，最後只好吳鳳自己犧牲。臨死之前，牽著兩造的手，要他們和平相處。妳也是一樣。妳可以裝病，病得奄奄一息，在床前拉著妳的老公和小叔的手，請他們折筷子。先折一支，再折一把。先說『中共非中國』，然後再告訴他們『團結、奮鬥、救中國』，請他們兩黨一定要好……好……相……處……。語調要愈說愈慢，直到他們眼淚掉出來為止。

再吵呀！再吵我就宣布戒嚴！！

和他們一起不三不四

敬愛的烏魯木齊大夫：

現在社會風氣敗壞，道德淪喪。我的孩子老是和一些不三不四的朋友在一起。不說別的，光是他們的服裝髮型我就無法忍受。不但如此，他們還自以為是。其實他們經歷的事，我們早就經歷過，可是說什麼他們都不聽。你身為青少年的偶像，你來說說幾句話吧！

憂心忡忡的父母親上

親愛偉大的父母親：

有個服裝設計大師曾說過，服裝髮型的觀念超過時代一年，叫做新潮。超越時代三年叫做大膽。如果超越十年那叫淫蕩。超越二十年就叫做不知廉恥了。你和孩子一定有二十年的差距，所以如果你認為他的服裝髮型不知廉恥，那是正常的。

從前我們叫『泡Miss』，現在他們叫『把妹』；我們說『吃得開』，他們叫『罩得住』。時代真要改變或是墮落其實是很有限的。

烏魯木齊大夫提供你幾個方法：

一、**觀察**：別問孩子為我們做什麼，先問我們為孩子做了什麼。先把那些不三不四的朋友都請到家中來作客，好好下廚弄幾道菜請他們。搬出家中的電玩、GAME，與他們同樂，搞不好你會發現他們可愛的地方。再不然，也可以觀察他們的習性、喜好，看看除了服裝、髮型外，他們到底還有什麼不三不四的地方，免得將來起訴的時候，你舉不出罪狀，只會用不三不四這個形容詞。別說法官不會採證，你的孩子也不會服氣的。

二、打不過就加入他們：你無法阻止他去聽蔡依林演唱會，跟著去他總不能反對吧！

如果你認真聽，其實『F4』也不比當年『披頭四』差到那裡去。花一些時間熟悉他們喜愛的事物，去讀讀《腦筋急轉彎》、《烏魯木齊大夫說》……，偶爾也考考他們『棒棒堂男孩』是誰？誰是候補第一名？不會就嘲笑他們『太遜』了，保證他們一定會對你另眼相待的。

三、相濡以沫：老實說，孩子沒經歷過我們的時代，我們也沒經歷過孩子的時代，所以聽聽他們的抱怨。你常常和他一起去幹一些瘋狂的事，他會樂於向你抱怨的。一旦他願意向你抱怨，你就成功了！用他可以接受的方式幫他解決問題。

孩子，爸媽現在跟你是同一掛的囉！

好了，如果他夠義氣的話，你也可以向他抱怨。現代的父母親不好幹，問問他有沒有什麼好辦法？你們年輕的時候要孝順父母親，現在好不容易熬成父母親，時代又不同了！你看，滿肚子的不平衡，看他怎麼幫你解決？拜託他們當孩子的好好幹，偶爾也讓老爸老媽樂一下，拜託拜託……

你放下身段，哀兵必勝。信不信由你，一定比你道德齊家治國強多了！

愛老婆，愛到星星也迷路

親愛的烏魯木齊大夫：

你的老婆會不會每天問你『愛不愛我？』或者是看了電視連續劇以後懷疑：『你會不會有外遇？會不會一輩子對我忠誠？』諸如此類無趣又可怕的問題，並且窮追猛打？

做為一個男人，天哪，我該怎麼辦？

男人真命苦

親愛的男人真命苦：

愛愛愛，嗳嗳嗳，哎哎哎……。你是已婚男人，每天都愛，煩死了，對不對？別煩！烏魯木齊大夫幫你出點子。

（咱們先來看看。）

『老公，你愛不愛我？』（天啊，來了，開始了。）

『愛。』（標準答案。但是你想太久了，效果等於沒說，下次要改進。）

『有多愛？』（大部分的老公一定會說：哎喲！再不然就是抱怨問題太無聊。那你就死定了……）

『愛死了。』（標準答案。不管你覺得問得多無聊，一定要認真回答，要不然保證你陷入更無聊的問題堆裡，無法脫身。再提供你一些更肉麻的參考答案：我愛妳愛得太陽不下山，星星迷了路，愛得民進黨和國民黨相親相愛，愛得猴子爬樹掉下來……）

『比昨天還要愛？』（她們很厲害的，小心！千萬別掉進比較的陷阱裡。）

『對！』（錯了，答案不是這樣。她反問：那你昨天不愛我？你又沒完沒了了。趕快改正過來，跟我一起說：）『隨著時間的過往，我對妳的愛大到無法用世俗的方式來衡量！也無法比較。』

『你這個人，最會甜言蜜語了。』（她可有些滿意了。可是革命尚未成功，你不能因此洋洋得意，失去警覺性。）

『我只是說出我的真心話罷了！』（完全正確！你愈甜言蜜語愈要再三重申你的真心。）

『那你將來會不會有外遇？』（標準問題。）

『我不敢確定！』（別——傻——了，你太老實了，答案根本不是這樣，你鐵定完了。雖然你說的可能是真理，可是如果真理對你的婚姻生活一點幫助也沒有，那我們不要這個真理。想清楚沒？好，跟著我大聲說：）『我確定不會！』

『那如果對方你很喜歡，她又一直勾引你，怎麼辦？』（小心！所有的官僚都會說：我不回答假設性的問題。這是有原因的。）

『這個世界上，除了妳，我不可能再愛別人。』（很好，不能鬆口。）

『人家是說假設嘛。』

『除了妳以外，我無法想像，或是假設我會再喜歡別人……。』（標準答案。再天才的逼問技術你還是抵死不從，堅守民主法治，守法守紀，別中了敵人的圈套。）

這是她要的答案。雖然不完全真實，但說謊比說實話費力。她欣賞你的努力。趁她有點陶醉的時候，趕快補上一句你背來的情話：

『妳知道，終有一天，這一切都要成為過去，不管是花兒、草兒，即使是星星、月亮、太陽也是，但有件事永遠不變，那就是我願妳快樂。』

（好了，她楞住了。恭喜你！你成功了。你又用你的智慧與勇氣通過了今天的無聊考驗，證明你是多麼適合這種無聊的婚姻生活。）

『我去打一份報告，馬上回來。』（終於你可以趁她還陶醉的時候挑件在她看來很正經的藉口，雖然你只是去買一份報紙，或者是任何你想做的不正經事……。）

為了婚姻的幸福，為了家庭的和諧，
有時，善意的謊言是必須的~

吵贏老婆大嘴巴

英明的烏魯木齊大夫：

當你娶到一個大嘴巴，不但如此，不管有理沒理，每次吵架你一定辯輸她。做為一個男人，又不能哭給她看。你有什麼好辦法恢復我受了傷的男性自尊？

大男人

親愛的大男人：

哭給自己的老婆看沒有什麼好丟臉的。必要的時候，下跪都沒有關係。

你們夫妻之間，關在閨房裡面，什麼事都做得出來，和男性的自尊一點關係都沒有。你的問題不難，自尊要靠自己，你的老婆那裡應該找不到男性自尊才對。

特別提供祖傳秘方一帖，回去熬湯三餐服用。

首先，在腦中裝設警示器。一旦發現火藥味濃厚，氣氛不對，立刻自動警示。這時候，你要馬上提升戰備狀況。敵進我退，敵急我緩，敵氣我不氣。不管你有再多再好的理由，真理明明站在你這邊，對一個生氣的女人（男人也一樣），根本是沒有用的。你對真理的堅持不過是為你帶來更多的痛苦。

你不妨輕鬆一下，欣賞對方嗔怒的表情，也許你會發現她從來沒有這麼美麗過。

做到第一點，你已經成功一半了。一旦進入交戰狀態，你千萬不可被對方激怒，要不然你就前功盡棄。這時候，插嘴回話是最大的禁忌。你不妨低著頭，或者默默地望著她，讓場面顯出敵人的聲勢與猙獰。有時候，一個沒有聲音的老公更會引發敵人的怒氣，你可以適度地歸納她的重點，表示你能理解她說的話。

恭喜你。我保證你堅忍不拔的精神這時一定把她的精銳的前頭部隊殲滅掉一半以上，另一半殘餘的抵抗份子，你可以用你的痛苦來消滅。當然你並不一定要真的很痛苦。你看連續劇裡面成功的男主角都是這麼說的：喔不，我的小親親，妳知道這樣妳會給我多麼大的痛苦嗎？我不准妳一天不想我。你也可以如法炮製。告訴敵人，她這麼說給你多大的痛苦。別擔心別人說，閨房之樂有更甚於此。

等你把敵人的怒氣殺得片甲不留之後，別忘了適時給對方泡上一杯茶，告訴她：妳罵得這麼辛苦，一定口渴了。保證她感動得滿臉鼻涕。

別急著追殺，勝利約在兩三天後到來。這時候時間把一切都沉澱下來，敵人和你都想清楚了，你們大可找個氣氛浪漫的地方好好談談。浪漫會讓敵人衝昏了頭，多半敵人會為前幾天的失態感到抱歉。你覺得贏得莫名其妙，別擔心，這時展現你的寬宏大量更能維護你的男性尊嚴。

先天下之輸而輸，後天下之贏而贏。敵人的快樂也就是你快樂的保證，敵人的痛苦最後也就是你的痛苦。這是千古不變的真理。

咱們下回見。

想吵贏老婆？以柔克剛絕對錯不了！

鼾聲終結者

親愛的烏魯木齊大夫，您好：

結婚前我有一個月得了腦神經平衡失調之後，就覺得夜夜難入眠。更不幸的，結婚後發現先生是個夜夜打呼的男人。我常常不能成眠，輕搖他兩下。有一天他受不了我的輕搖，竟跑到客廳去睡了。才結婚一年多，怎麼辦？如何讓他不打呼？現在他有藉口在客廳睡，以後是不是更有藉口到外面去睡？

夜夜難入眠的女子　上

睡不著覺的小姐，妳好：

克服老公打呼是很多女人共有的經驗。最乾脆俐落的方式是『休夫』。但是要記住一個血的教訓，那就是在打呼這件事上面『下一個男人不一定會更好』。

根據烏魯木齊老媽提供，她克服烏魯老爸打呼的經驗整理如下：

一、先下手為強：老公睡覺打呼，讓妳睡不著？妳先睡著，睡深，睡死了，他就拿妳無可奈何了！怎麼先下手？妳可以去參考坊間很多入眠的手冊，運動、洗澡、聽音樂、數羊……，不管是什麼方法，只要對妳有效，那就是好方法。萬一都不行，妳還可以到醫院去掛號，請醫師提供您一些有效的安眠藥物。如此一來，老公打呼，妳也打呼，你們可以說是『夫唱婦隨』、『琴瑟共鳴』、『天造地設』的一對！

二、強迫適應法：烏魯木齊老媽到目前為止還是不能接受男人打呼，唯獨對烏魯老爸的打呼可以免疫，這都是靠長期適應下來的。所以說，天下無難事，只怕有心人。『Practice make it perfect（練習使得事情完美）』。妳可以利用晚上老公打呼的時候用錄音機把他的呼聲錄下來。帶個隨身聽，以後每逢午休、坐車打瞌睡，任何想睡覺的場合就播放出來練習。據說可增加抵抗力，使妳的適應能力當場增加兩、三年之功力。

三、治標不如治本：妳知道根據統計，一個男人半夜起床最多的理由是什麼嗎？不知道。好，那我告訴妳。是他們該回家了。我是不是說中了妳的隱憂？妳知道嗎？失眠最常見的理由並不是腦神經平衡失調，而是壓力。不管是婚姻上的、家庭上、事業上的……，可見或潛在的壓力是真正安眠的殺手。

妳沒有告訴我很多事。經我這麼一提，也許妳已經知道怎麼治好自己。

好了，烏魯木齊大夫祝福妳！

老公，只要在鼻子上多開幾個孔，
呼吸順暢就不會打鼾囉~

爸爸不要說

最敬愛的烏魯木齊大夫：

我有一個甜蜜美滿的家庭。我的父母親也都愛我。

可是我的問題就在於他們太愛我了，什麼事都要嘮嘮叨叨的，我快嘔死了。

你可不可以告訴我，有什麼辦法可以叫老爸老媽不要嘮叨？

乖乖貓

不耐煩的乖乖貓：

要老爸老媽不嘮叨之前，你自己先不嚕嘛，把他們嘮叨你的事統統答應下來，並給他們完成的期限，讓他們先嚇一跳！

為了增強驚人的效果，你可以找一些烏魯木齊式的答應方式，好比：

『All right，Sir！』

『Yes，Sir！』

外加北洋軍閥式的敬禮。只要你喜歡，愈荒謬愈好。如果你實在說不出口，也可以用馬屁法。好比：

『老爸英明，兒臣必當痛改前非……。』

準備一本神秘的筆記簿，依照日期，分門別類，將嘮叨的內容分成：生活瑣事類（諸如你不收拾自己的房間啦，襪子亂丟啦，吃飯不洗碗啦……），課業成績類，人生觀類（好比要你做一個堂堂正正的中國人，不要錢不要命只要國家強只要民族好……），總之，類別的多寡依你家裡老爸老媽嘮叨的天才度而定。

定期公佈調查報告，並公佈烏魯木齊嘮叨排行榜。列舉本週或本月最受歡迎最多的嘮叨項目。（再來是最令人興奮的部分）依你的努力成果，找一支大紅色簽字筆，把前幾名的敵人狠狠地劃掉，讓他們都看到你的成果！！

實在是做不到或者是模糊不清的部分，你只好去和老爸老媽討價還價了。你必須知道，當很嘮叨排行榜被你的紅筆殺得人仰馬翻，剩下少數苟延殘喘的頑固份子時，你的討價還價是很容易成功的。

好了，隨著敵人愈來愈少，你就愈來愈接近成功。當你把所有敵人幹掉的那一天，也就是老爸老媽閉嘴的日子到了！偶爾老爸老媽還能冒出新的嘮叨時，你大可拍拍他們的肩膀，稱讚他們：

『老爸，老媽，沒想到你們嘮叨得愈來愈有創意了！』

爸爸，你的嘮叨很像在唸經，讓我頓悟到一些事情，所以我決定出家了！！

寫情書給愛唱歌的姊姊

親愛的烏魯木齊大夫：

我的姊姊非常愛唱歌，尤其在晚上大家睡覺的時間更是一直唱，我因為要晚睡早起，所以不得不聽她的歌，雖然我一再勸告，可是她總是無所謂。那我怕爬不起來只好把耳朵捂住，但是手很瘦，所以請你來幫我解決。

手很瘦的妹妹

手很痠的妹妹：

如果是別人，妳可以打電話給環保署，請他們派人來取締。可是製造噪音的人是妳的姊姊，妳打電話，警察來家裡抓人了，妳的爸爸媽媽一定會怪妳，對不對？

沒關係，烏魯木齊叔叔幫妳想辦法。

一、寫封情書給她：再愛唱歌的女生，只要聽到有人追求，立刻變得端莊賢淑，溫柔嫻靜。製造一封情書給妳的老姊，告訴她，她有最美麗動人的歌聲，有如黃鶯出谷，乳燕歸巢……。每天晚上，你是多麼仰慕她那美麗的歌聲，洗滌你的心靈。信尾署名也像妳寫給我的信一樣，來個『住在附近』很思慕的男孩上，保證妳的老姊昏昏沉沉，忘了我是誰。為了形象，再也唱不出一個字來。

二、請她自己聽一聽：妳說妳要晚睡早起，對不對？如果是這樣，那就好辦了。準備錄音機一台，晚上她唱歌時妳就把她的歌聲錄下來，隔天妳很早起床，她也別想睡了。播她的歌聲給她自己聽，讓她知道自己唱得到底有多難聽！難聽也就算了，還在睏得要死的時候聽。晚上噴克蟑，早上掃蟑螂，讓她自作自受，很公平！

三、把洞弄大一點：妳去吵爸媽，老爸老媽一定很不高興，這一點事也來吵我？一點事?沒關係，把事情弄大一點。怎麼弄大一點？簡單。打不過她，我們就加入她，與她一起合唱，弄得更吵一點，聲音更大一點。總有一天，老爸、老媽受不了了，來罵人，那就好辦了。妳可以裝出很無辜的樣子，妳是妹妹，當然比較不懂事，所以都是姊姊把妳帶壞的，爸爸媽媽一定會原諒妳的，同時姊姊也不會對妳生氣。從此以後，妳就可以過著幸福快樂的生活了！

千萬別說是烏魯木齊大夫教妳的，要不然就失效了……

姊姊，這是我幫妳錄的專輯，妳可千萬別嫌自己的歌聲難聽喔！

這老公，惜金不惜妻

烏魯木齊大夫：

麻煩你幫我解決這個問題。

當妳洗碗不小心打破碗時，手被割破血流不止時，妳老公很匆忙跑過來大叫：『碗一個十多塊呢！』

該怎麼辦？

小慧

親愛的小慧：

千萬不要激動。面對這種老公，和他說道理恐怕不是上策。畢竟妳打破了碗，也有一點差錯，以暴易暴顯然不是好辦法。這時候妳只好憑著妳精采的演出，來凸顯他這句話的荒謬性，讓他及時悔悟。

一、首先，別管妳的手了。大部分的流血都會自動凝固（傷口實在太大不算）。趕緊去收拾地上碗的碎片，很誇張地搥胸頓足，做出後悔不已的表情。

『天啊！我為什麼會打破碗？一個十多塊呢！我怎麼會這麼笨，連碗都打破！一個十幾塊！天啊！我不如去死算了。』

表演的重點在於把十幾塊唸得咬牙切齒，好像十幾萬一樣。妳要表演到讓他覺得實在太誇張了，這才有效。

二、如果他這時總算注意到了妳的手，千萬別就此放鬆，光是這樣還不夠，妳應該抓著手，告訴他：

『手破了自己會癒合，不用花錢。可是碗破了，就浪費了十多塊。天啊！我為什麼會打破碗？一個十多塊呢……（以下台詞同第一點）。』

三、還無效的話妳只好當場昏倒了。被割到神經性休克是常有的事。別擔心，妳的劇本合情合理。這時他總該來處理一下了吧。

記得 國父彌留時候說的話吧？『和平……奮鬥……救中國。』

對，對，妳就是那樣有氣無力的表情，念念不忘地說：

『碗……一個……十多塊。』

看他感動不感動？

如果以上都無效，妳的老公心裡還是在想著那個十多塊的碗，我勸妳認真考慮一下了。我們醫學界有句名言是這樣的，送給妳作參考。

『沒有盲腸，就沒有盲腸炎。』妳說是不是呢？

你不要拉我！！我不配活在這世界上~~我居然打破碗！！

Chapter 3

職場人際失調科

如何對付嚕囌的人？

親愛的烏魯木齊大夫：

我的問題很簡單，如果你有一個朋友很嚕囌，不管和他談什麼，每次一定天南地北地牽拖一堆，沒完沒了。

你有什麼好辦法嗎？

請長話短說。

子不語

親愛的子不語：

有個女記者和前美國總統柯立芝打賭，至少要從他的口中採訪到四個字。柯立芝二話不說，回答她：『妳輸了。』後來柯立芝並沒有再競選總統連任，記者去問他原因，他直截了當回答：『升遷無望。』

你可以告訴你的朋友類似的故事，或者謹言慎行之類的格言，期望慢慢改變他的氣質。不過本大夫的經驗告訴我，成功的機會實在是相當渺茫。先別難過，觀音自提淨水，求人不如求己。本大夫提供你一些趨吉避凶的好方法：

一、以牙還牙：你的朋友嚕嗦，你比他還要嚕嗦。你說你沒有嚕嗦的題材，那容易，先看了報紙再去，一逮著機會就開講。想像你是李艷秋，你是張雅琴，你是李四端，你那個嚕嗦的朋友就是你練習的對象。先從國內外大事開始講，講完再講經濟消息、股市行情，適時加上你的心得、看法，並自己扮演專家，給你的朋友一點建議與指示。然後是演藝版、文藝版、家庭版，最後你還可以來個氣象報告，保證你的朋友目瞪口呆。你說你是個木訥的人。對呀！所以我說你需要練習，發表是整理最好的方式。寧願我煩人，不可人煩我。不出幾個月，你一定脫胎換骨。你的朋友見到你，避之惟恐不及，那還有空閒嚕嗦你呢？

二、移形大法：看過黑社會電影沒有？當一個老大要單身赴會時，他一定交代等在外頭的人：『二十分鐘後，如果我還沒有出來，你們就帶著傢伙衝進去找我。』你去見這個嚕嗦的朋友之前，也可以請託別人，如果二十分鐘還沒有回來，就進去說有緊急的要事，把你拖出來。萬一你連個兄弟都沒有，弄支手機，請遠方的人Call你。再不行，那你只好靠自己……尿遁。如果你的朋友追殺到廁所怎麼辦？你問我。那也不難，你就裝死。你偶爾會昏倒……特別是碰到嚕嗦的人的時候。

三、消耗磨損：嚕嗦的人多半寂寞，所以嚕嗦。你既然是他的朋友，就有義務幫他解除寂寞。最有效的方法就是給他找個甜蜜的負擔。對了！慫恿他去談戀愛。再勇猛的人，掉進這個愛的漩渦裡，絕對沒有空會想起朋友，更不用說有工夫和你嚕囌了。萬一他想不開，也和本大夫一樣，竟結婚了，那麼消耗磨損，你就高枕無憂，更不用擔心了。

這個方法有一個副作用。對！你猜對了！

千萬別讓他失戀！

只要你比他更嚕嗦，我想，
對方應該就不敢再嚕嗦了！！

恨他，就當他老闆?!

烏魯木齊大夫：

我簡直恨透了我的主管，有時候我真想一刀把他殺掉。可是一旦我看到他時又立刻嘻嘻哈哈地歌功頌德，不能自已。我更恨我自己。

我懷疑我是不是沒有救了？

段長仁

親愛的段長仁：

設計一些壞點子，請電視公司的隱藏攝影機來拍？太麻煩了。

教你幾招不傷大雅又容易的惡作劇，以洩你心頭之恨。別去殺人，也不要告訴別人這些招式是我教你的。

讚美他，歌頌他：別只是在他的面前歌功頌德，要在主管的主管面前讚美他，說他的管理是最完美的，他的行政能力是你見過最好的，他主持會議的效率全公司無人能及。外面的廠商都說什麼不能解決的問題只要找主管就萬事ＯＫ了，根本不用找總經理。

讓你的主管飄飄然，讓他樹大招風。

很少有主管的主管能忍受主管比他強。你愈ＰＭＰＭＰ（拚命拍馬屁），你的陰謀愈得逞。你好愛自己，一點都不恨。

給他一點顏色看看：你覺得PMPMP有失厚道，那沒關係，你可以給他製造一些小麻煩。好比接到他老婆查勤的電話，你找不到他，告訴他的老婆他去看外祖母（確定他沒有外祖母）去了。問她到底是誰？她如果說是主管的老婆，你就哼哼地笑，裝出一副不相信的口氣，再問她到底是那一位？他的老婆百思不解，回家一定給他很多顏色看。

當然你也可以寫小說。故事裡你是英勇的超人，你的主管是無惡不作的惡魔。你為了主持正義，和惡魔纏鬥一百八十回合。最後，你終於打敗了惡魔，贏得美人的歡心。美人你可以自己假設，你愛是誰，就是誰。如果你覺得不夠直接，那你乾脆在他的背後打噴嚏。你的噴嚏不夠遠，沒關係，帶罐噴花噴草用的噴霧器。在你從他身後走過的時候，適時配合你的噴嚏聲給他噴這麼一下，保證他受用無窮。記得噴霧器裡裝的水必須是乾淨的，否則那就有失你溫文敦厚的心，又太不衛生了，對不對？

現在你有些高興了。還要更多的壞點子？

我告訴你，你是一隻烏龜。

不管再怎麼成功的惡作劇，你還是烏龜。你最好力爭上游，趕快變成你的主管的上司。我不騙你，再怎麼說，烏龜的快樂實在是有限的！

好了，我們下次見！

對付討人厭的主管，拍馬屁是個好方法。不過我要先提醒你，屁股長在後面，不在前面……

擺脱讚美緊箍咒

嘿！烏魯木齊大夫：

你知道全世界最痛苦的事是什麼嗎？那就是被人稱讚。不管是你喜歡的人或者是不喜歡的人，也不管你同不同意，別人都可以稱讚你。對於別人的稱讚，你贊成也不是，不贊成也不是。欣喜則不夠謙卑，沉默又顯得矯情，感謝則太噁心，辭謝又如此不知好歹，該怎麼辦才好？

你可有好點子？

謙虛

嘿！謙虛先生：

烏魯木齊大夫深知你的痛苦，特別提供了以下的妙方供你服用，保證老是愛稱讚你的人當場閉嘴。

一、移形大法：因為要感謝的人太多了，所以我們感謝天。天實在是太大了，可以是我們父母親的養育之恩，也可以是國家的培育之恩，中華文化博大精深的道統……。不但顯出你的謙虛，又可以凸顯好事者的無聊。如果這還不足以叫他閉嘴，你不妨再加一段述志，以不負皇恩浩蕩。志向愈誇張愈好，好比是我等當為生民立命，為天地立心，為往聖繼絕學，為萬世開太平……之類的無趣話題，保證對方住嘴。

二、以牙還牙法：有時候稱讚我們的人實在不怎麼令我們喜歡，這也不難，我們把一切的成就歸諸於他。我們敬愛你，我們擁戴你，我們要向你致上最敬禮。重點在於不著痕跡，好比老師稱讚我們成績進步，我們就感謝是老師的教導有方。朋友說我們能言善道，我們是長期受了朋友身教言教的薰陶，才有這樣的成就。不管對方有多麼惡意或者善意，我們都原物歸還，落得一身清風。如果對方還苟延殘喘，不露孫悟空狀，那你可以舉一個實例（必須是事實，不可轉得太硬），烏魯木齊地說明你必須感激他的原因。鐵證如山，叫對方不閉嘴也難。

三、以暴易暴法：萬一法一法二都無效的話，你只好認了，採行這招最後的非常手段。本招不難，重點在於對方誇張，你比他還要誇張。好比他稱讚你的衣服好看，你就謙虛地說：那裡，這是我所有衣服裡面最醜的一件。有人稱讚你美麗，你裝出無可奈何的樣子說：唉，自然本天成，人力焉能望其項背……。

諸行無常，諸法無我，方法當然還有，不過就說這麼多，參悟禪機全在你自己了。

當對方讚美你的髮型帥時，
你也反讚美他的禿頭有型，
以其人之道還治其人之身！！

借錢請先繳交簽名內褲

親愛的烏魯木齊大夫：

我有一個朋友，最喜歡跟別人借錢。

偏偏他的記性很差，常常借了以後忘記還錢。可是你又不想失去這個好朋友，該怎麼辦才好？

超級好人

親愛的超級好人：

其實你應該謹守一個最基本的原則，就是如果不能把錢談清楚，無論如何朋友是無法長久的。不過既然你是一個超級好人，不願意得罪別人，本大夫只好幫你想一些其次的辦法。有沒有效我不敢確定，不過可以保證不是最好的方法。那是你的個性問題，在此不多談。

一、以牙還牙：你的朋友記性爛，你比他更爛。他老是忘了還錢，你就老是忘了帶錢。不用當面拒絕他。他一提起借錢，你就說好，好。不過今天忘了帶錢，改天再帶來。改天再碰到他，還是忘了帶錢。他如果有所抱怨，你就請求他原諒，提醒他從前忘了還錢的事，大家都是健忘嘛，難怪會變成好朋友。他一定能體會的。

二、先發制人：你不好意思提起要你的朋友還錢，怕別人覺得你太沒江湖道義了。那沒有關係，你不用要他還錢。你發生經濟困難，向他借錢，他總要幫幫你的忙吧。要不然朋友是幹什麼用的呢？你老是開口向他借錢，他逃都來不及，絕對不敢再向你開口談借錢的事。

三、以物易物：要借錢？可以，拿東西來換。最好拿值錢的。借一百元？可以，拿手上的手錶來抵押。朋友說：朋友嘛，不要那麼現實。你說：不現實可以，但還是要拿東西來換。請他寫下追求老師情書一封（現成的格式什麼情書大全都有），附上親筆簽名共兩封，約定時間還錢。時間一到，不還錢，這兩封情書一封會自動寄給該老師，另一封會在公佈欄上公佈。不一定是老師，只要是寫給什麼人傷害力最大，就寫情書給誰。再不然，繳交簽名內褲一件亦可。辦法同上，錢沒還，就依法公開拍賣。如此一來，時間一到，保證連本帶利，乖乖來還，又不寫俗氣的借條、典當品，何樂而不為？

要借錢可以，拍個裸照先！
敢不還我就PO上網~~

勸酒族請注意

Dear烏魯木齊大夫：

我的老爸曾經以酒量著名。如今身體已不容如此放縱了，可是在宴客場合偏偏有那些不顧別人生死的勸酒族，在此盛情難卻又無力招架之時，該如何『絕地大反攻』呢？

Beryl上

Dear Beryl：

成人能接受的酒量，約每日二十五公克。換句話，約相當於3.5%罐裝啤酒兩瓶左右而已。超出此一範圍，對肝臟代謝產生負面影響，長久下來，可能引起肝硬化、脂肪肝，甚至肝癌等問題。想辦法收集所有這類的報告，影響並嚇阻你的老爸。只有當他自己真正想戒酒時，以下辦法才有可能發揮真正的效用：

一、製作可愛T恤：爸爸盛情難卻，不好意思拒絕別人。沒有關係！我們來推行不敬酒運動。一定有很多媽媽、孩子有和你同樣的煩惱。我們來製作這種T恤，上面可以自由設計，如：為了爸爸的健康，請不要餵食爸爸喝酒！或者更狠一點：誰敬爸爸喝酒就是我們全家的公敵！全家都把名字簽上去，以示決心。強迫老爸出門喝酒一定要穿這件T恤，一定可以收到很好的嚇阻效果。不但如此，你們的T恤搞不好大大暢銷，還可以大撈一筆呢！

二、哀兵必勝：請爸爸到醫院檢查肝功能。一旦有變化的話，請醫師開診斷證明書一份，並囑咐不得再喝酒。見有人敬酒則示出證明，以示誠意。所謂哀兵必勝。做出可憐狀，愈可憐愈好。如果必要的話，甚至不排除要求你老爸先打上點滴，做出奄奄一息狀。『我乾，我乾……』都奄奄一息了，還陪客人搖來搖去，你看場面多麼感人落淚啊！

三、帳目清楚：萬一以上招式都無效的話，只好使出最後絕招了！請媽媽照相一張，樣子愈兇狠愈好，最好像誰欠她幾百萬一樣！把照片貼在帳簿前面，你是爸爸的小跟班，一旦有人敬酒，你就逐一登記：王叔叔：敬紹興一小杯，二十CC。李伯伯：敬啤酒一大杯，二百五十CC。在黑名單中出現次數太多的人，則列入出入境管理，視為不受歡迎份子，不准出入你家大門……。每個人知道一旦列入黑名單中的下場，那麼……

當然最好的方法其實就是不參加應酬。可是人情世故嘛……。爸爸總是這麼說。哎呀，本大夫也做過爸爸！騙騙自己的兒子還可以，少騙別人、騙自己了！

老王，我老婆有交代，要找我喝酒前，
請先對著鏡頭報上大名及電話號碼……

送『黃金』讓他好看

親愛的烏魯木齊大夫：

您好！希望你幫我醫治好下列這個困擾我很久的『慢性病』！

事情是這樣的：我家隔壁三、四家有一位芳鄰家養了一條體型中等的白色狗（長得醜醜的）。我『三不五時』可以看到牠在我們這條巷道上遛達，也『三不五時』在我家門口發現牠留下的『黃金』，我已經清不勝清了。再說我和那位芳鄰也僅是點頭之交，不好意思向他抱怨，所以只好期待大夫您來指點指點了！

一位本來很喜歡狗的人

親愛的喜歡狗的人：

你的芳鄰未善盡保護環境之責，實在有虧職守。

有幾個辦法或許可以一試：

一、以狗治狗：既然牠是一條中等的白色狗，那麼你可養一隻大型的黑色狗。狗愈兇愈好，甚至必要時可拍下那條中等狗的照片，訓練你的黑狗同仇敵愾的精神。黑狗以繩子繫住，繩子的長度約是你家門口半徑範圍。如此一來，有重兵防守，敵人自然不敢越雷池一步！不過外敵易守，家賊難防。千萬要訓練好你的黑狗，否則很可能搞到最後，你要掃雙人份的『黃金』，那就痛不欲生了！

二、以禮相待：既然對方是你的鄰居，你又不願意得罪人，那好辦，我們以禮相待。包裝一份有意義的禮物寄給對方，暗示他應好好管教管教自己的小犬。至於選什麼禮物，怎麼開口？其實一點都不麻煩。你不是掃了很多『黃金』嗎？我相信他收到這麼稀有的禮物，一定很能明白其中的道理的！

三、以暴易暴：如果以上都沒有什麼效果的話，你只好從狗身上下手了，讓牠留下永恆的回味，每次走過你的領域就感到內心無比惶恐。你如果不願意這麼暴力的話，當然也可以請環保局的官員，或是香肉店的夥計來幫忙。不過提醒你中國人的一句老話：打狗看主人。這句話的意思就是告訴我們，當我們打狗的時候，一定要派一個人站哨，免得被牠的主人看到了，懂嗎？

雖然政府明文規定禁止殺狗，
但是裝腔作勢一下效果也是挺好的喔~

殺，殺，殺，殺價!!

聰明的烏魯木齊大夫：

我是天生的菜鳥，看我的臉就知道。每次我去買東西，老闆一看就知道我是菜鳥。我也不知道為什麼？每次我想殺價，老闆就搖搖頭，看準了我殺不過他。

『拜託，拜託，算我九十五塊好不好？只便宜五塊錢。』

老闆好不容易答應，我興高采烈拿回家，到處宣揚，才發現隔壁吳媽媽只買八十塊，而且還是兩條八十塊，我簡直要當場吐血！

聰明的烏魯木齊大夫，你可有什麼好辦法？

小菜鳥

來自埔里的小菜鳥：

天生萬物以養人，人無一物以報天。殺，殺，殺，殺，殺，殺，殺。殺什麼？當然是殺價。別自責，大夫提供幾項菜鳥的特徵，你有則改過，無則內自省。

一、生死相許型：所有的菜鳥一定是大驚小叫，一副喜獲至寶的表情，這是不對的。老闆正好看準了你的弱點，那你就完了。老鳥多半是目光渙散，四處游移，一副可有可無的模樣。一旦他看中了那件物品，更是不動聲色，專挑別的東西打聽，惟恐被老闆視破。

二、速戰速決型：這更是標準的菜鳥！記著，時間在你的身上，錢包也在你身上，所有的老闆都希望花最少的時間把錢從你錢包掏出來，時間對你有利。看中一樣東西以後，先不要想買回家有多麼快樂。仔細想出至少十項缺點。（這需要練習。）什麼缺點都可以挑剔，包括東西看起來太豪華，不適合你們家的擺設，你先生有氣喘的毛病，對黃色的顏色過敏……，雞毛蒜皮都可以，一項一項與他討論。為了延長時間，先從你不太有興趣的東西討論起，當成熱身運動，直到他心浮氣躁為止。

三、隨意出價型：再高桿的老闆與你磨菇一、兩個小時以後還沒賣出任何物品時，一定都快抓狂了。恭喜你！這時你千萬不要自亂陣腳，隨意出個高價便宜了老闆，讓他識破了你的底線。讓老闆在你興趣不高的東西上先出價，你儘管搖頭，讓他知道你不是隨便的顧客。

四、猶豫不決型：別想了，這時你該走了。就在老闆快哭出來的時候，你轉身就走。臨走時，對你真正想要的東西拋下一個低得不能再低的價格（別懷疑！）。老闆喜出望外，總算還有一筆生意，必然感激涕零，那還有時間猶豫？

如果以上方法都沒有用，一點都殺不下來，你還有最後一招：搶！烏魯木齊大夫的老媽買一斤白菜，非得搶半斤蔥當贈品不可。不過那是本大夫老媽的方法，萬一條子捉你去做筆錄時，可別招供說是我出的點子！

別……別衝動！！你說多少就多少，萬一你死在這兒，我生意都別做了~~

再見，推銷員

親愛的烏魯木齊大夫：

我常常遇見一些西裝筆挺的人敲門要推銷東西。你不想買，他早已經一腳踩在門縫間擋著，說只要三分鐘。然後什麼英文教材、百科全書、人壽保險……，五分鐘，十分鐘過去了，想趕都趕不走，非得買他推銷的東西不可。

心不甘情不願地買了東西，等推銷員走了拆開來看，都是爛貨。你說該怎麼辦才好？

琦琦

親愛的琦琦：

並不是每個人天生都能對付推銷員。再說，這些偉大的推銷員也都經歷了許多的挫折才達到今天的功力，你說是不是？

不過你的情況實在是許多人共同的困擾。本大夫念及天下之蒼生，特提供以下處方：

一、哥哥不在家法：這是標準的賴皮法。不管你就是哥哥或者是老闆，你都可以大聲地說：『老闆不在，你下次再來。』『哥哥不在家，我們身上沒有錢。』

沒有一個推銷員會花時間在顯然沒有潛力的顧客身上。不過使用此招你要特別小心，哥哥不在家？那正好引狼入室。

二、曾祖母過世法：有些同學上了一學期課，曾祖母過世了三次。老師很疑惑，他還是理直氣壯地表示曾祖父娶了好幾個曾祖母。如果推銷員上門，知道你們家正有事故，他一定很同情，知趣地走了。不一定每次都要這麼悲壯的理由，你可以找荒謬一點的，諸如：祖父祖母鬧離婚，等一下律師要過來，我們全家都愁雲慘霧。

三、惺惺相惜法：碰到高段的推銷員怎麼趕都趕不走，你可以用這招。告訴他，他是一個很好的推銷員，你以前也幹過推銷員，知道這行很辛苦，實在是很同情。你不需要這個東西，也不會買這個東西。

『謝謝你，不要在我身上浪費時間，我知道你還要跑很多地方，我以前最討厭遇見像我這樣的人。』你們家隔壁有不繳公共電費令人討厭的人，介紹推銷員去那家推銷。

四、以牙還牙法：如果上門的推銷員實在太多了，你可以去弄一些小玩具、手錶樣本，對他反推銷。問他願不願意代為批發？我保證你可以看到推銷員逃之惟恐不及的驚慌表情。

這招對付推銷員絕對有效，
說不定還可以幺個白包喔！

如果你嫌這些方法都太麻煩，我告訴你最直截了當的辦法。叫你們全家人統統站出來，每個人拿菜刀、斧頭、鋸子，所有找得到的武器。派個看起來最強悍的人站在前面，不管他說什麼，你們的回答都是：

『不要！』

注射一針幽默

親愛的烏魯木齊大夫：

我是一個十分嚴肅的人，有時候嚴肅到我自己都受不了自己。

每次我看到你幽默風趣的筆調，和你對事情的看法，我就羨慕不已。

可不可以告訴我，怎麼樣變得更幽默？（如果有速成法更好。）

嚴肅

親愛的嚴肅大哥：

先傳授你本大夫獨門『破解獨孤，逆轉乾坤，幽默大法速成三式』。

第一式，『自我解嘲』：要刮別人的鬍子以前，先刮自己的鬍子。烏魯木齊定律之一是，別人的笑話一定比自己的笑話好笑。所以聽笑話，當然是聽別人的。但是講笑話，最好是講自己的笑話。成龍的大鼻子、張曼玉的齙牙、澎恰恰的鼻孔……，人因有了缺點而可親。你可比照公式，塑造自己的風格。你愈自我解嘲，愈受歡迎。

再說，自我解嘲還可以保護自己，你開了一個自己腿短的玩笑，已經夠惹人愛憐，總不至於還有人一路追殺吧，說：『哈，哈，對啊，不但腿短，又肥，還呆……』

第二式，『自我充實』：資訊時代的今天，很可能你今天沒有看《腦筋急轉彎》，或者《烏魯木齊大夫說》……，明天去學校，就聽不懂老師上課的笑話

不要亂動！像你這麼嚴肅的臉，
一定要把嘴割大一點看起來才幽默！！

了。所以要多看書報，多聽演講，欣賞音樂，看各種表演……。

不一定非得胡瓜、陽帆、生活休閒版或笑話全集上才有笑話。只要你細心觀察，到處都是。不信你翻翻報紙頭條，或到立法院看看，就相信本大夫所說不假。

第三式，『自我練習』：幽默如射箭，求其精準不求多。喋喋不休是最厲害的幽默終結者。為了增加你的精確度，你應勤加練習。把你收集的資訊加上獨到的心得，先向周遭無所遁逃的受難者開始廣播。不管是老爸、老媽、老哥、老妹、男朋友或死黨都可以。在他們無聊痛苦的表情中不斷地抓緊節奏，自我修正。

你在練習中精益求精，終有一天，一將功成萬骨枯，就是你在正式場合大展身手的時候到了。

看到這裡，如果你還是覺得幽默可以用來『為生民立命，為天地立心，為往

聖繼絕學，為萬世開太平。』那麼我勸你……嗯，還是換個比較嚴肅的大夫好了。你想，不管有沒有你，地球一直在轉，人不停地生生逝逝，那麼嚴肅幹什麼呢？你何不多讀讀書，學學烏魯木齊大夫，換個不同的角度看看世界，先給自己一點幽默呢？

為什麼她使我厭惡呢？

烏魯木齊大夫：

我是一個高二生，有一個同學坐在我後面，我實在很受不了她，最近我瀕臨崩潰階段，求你賞我一個秘方吧。

為什麼她使我厭惡呢？我列了重大數點：

一、她喜歡搶別人的好朋友，尤其是我的。她用橡皮糖的手段緊緊的粘附，不管是上廁所、體育課等。一隻水蛭頂多貼在一個人身上，我沒有和她計較，另外找談得來的。她一見我交上另一個好朋友，立刻丟下舊的，跑來和我爭。

二、她喜歡在別人談話中插一腳。有次我們在談田壘，她就插進來自以為很懂地說：『啊！就是大陸隊黑黑瘦瘦的那一個。』叫人差一點吐血！公民老師說：『現在菜價很貴，一個蘿蔔都要七、八十塊。』她就說：『不，我買一個十塊。』

三、她喜歡裝腔作勢、喜歡嗲聲嗲氣說話。『不要嚇我，我的精神已經快失常了……』等等。常常做出一些無聊的舉動，如拉別人的鞋帶，然後吃吃地掩口而笑。她還喜歡吸鼻子，看起來是受到很大的委屈，正暗自飲泣的樣子。大夫，現代還有林黛玉這號人物嗎？天啊！

四、借錄音帶好久不肯還，不但如此，還說卡帶有雜音，太爛了！

五、老愛自作聰明。像是有人問我生日，我就說是記者節，來個懸疑。別人尚未想到，她就大嘴巴地說：『笨，就是開學那天，九月一日嘛！』

烏魯木齊大夫，我該怎麼辦呢？如果你嫌煩不回，我可能會痛苦地走完高中生活。

可憐的紅色勇士

可憐的紅色勇士：

有一位偉人來信問，她實在太受歡迎了，如何才能惹人討厭？紅色勇士的意見或許可以參考。

本大夫實在沒什麼好辦法，公佈你的來信，希望有這些行為的人看了自己改過自新，放下屠刀，立地成佛。

妳的問題寫那麼多，那麼長，本大夫剩下沒多少空間。睿智的紅色勇士，賞我一些點子吧，我該怎麼辦？

下次別威脅本大夫（痛苦地走完高中生活？），但是我們是一個有理想有抱負的青年，應該雄壯、威武、嚴肅、剛直、安靜、堅強、沉著、忍耐、機警、勇敢……

翻臉，是徹底擺脫厭惡人物的唯一方法！

約會在派出所

聰明的烏魯木齊大夫，你好：

我有一個朋友，老是遲到。不但如此，而且是惡性遲到。常常大家都到齊了，就等他一個人。

他到了，竟然還可以嘻皮笑臉，你說厲不厲害？聰明的你，有什麼辦法治他？

無奈貓

親愛的無奈貓：

你的問題其實也不難，你們可以約在冰果室相見。時間一過，他還沒有出現，你就開始吃東西。他來得愈晚，你吃得愈多。你們約法三章，遲到的人負責付賬。

要是他不來怎麼辦？很好，你問到了重點。上面的方法其實不可行，我只是考驗你一下，千萬別相信所有人所講所有的話！那怕是你最尊敬的烏魯木齊大夫也一樣。

見佛殺佛，切記！

傳授你幾招有效的：

一、相約在車站：以火車站的時鐘為基準，準備一張時刻表，請火車站值班站長作證。依照公平交易法，對方遲到多久，你就將之登錄下來，請站長，還有你遲到的朋友簽字。下次約會，你就依他欠你的時數一報還一報。你說，你下次遲到半小時，他竟遲到一小時。比爛？沒關係，亦不動聲色，將之登錄下來。等時數累積到一定之程度，你再約他清晨六點鐘起來吃早餐。放他一次鴿子你就回本了！

二、相約在派出所：約在派出所可嚴肅了！當然是以派出所的時鐘為準。要約會？可以！事先各繳款一千元給中間人，約定每遲到十分鐘，罰款一百元。為了公正、公平、公開，請最清明、廉正的警察伯伯作證。要是他不願意作證，你們可讓他抽頭，也許會更加精采！等待一個小時可淨賺六百元，比打工還要划算。你那個朋友那點可愛的壞習慣還真是討人喜歡。求求你！遲到久一點吧！

三、相約在他家：他老是素行不良！請他打造家裡鑰匙一把交與你。時間一到，你就去他家開門，堂堂皇皇與他約會。萬一他還有睡懶覺的習慣，請他把房間鑰匙亦一迸交出來，必要時你不排除登門入室，甚至把他從床上一把抓起！只要你不遲到，保證他也絕對不會遲到。

你說他（她）如果是你追求的女友怎麼辦？那就只好忍耐了！不過沒關係，等你追到手之後娶進門來，每天她等你爸爸回家吃晚飯，你絕不虧本的。

可是……你說，可是追不到怎麼辦？追不到你還追？本大夫治標治本但不治笨。

笨！

懂不懂？那是絕症！

不要想太多，我是不想再被妳放鴿子所以才約在妳床上，好了，現在我們來討論會議流程~

Chapter 4

學習障礙身心科

鬧鐘只能叫醒一根手指頭

聰明的烏魯木齊大夫：

我是一個品學兼優的好學生。可是我有一個小小的缺點，那就是我很喜歡賴床。不管是媽媽叫我，或是用鬧鐘都沒有用，然後我上學就會遲到，好丟臉，我該怎麼辦？

YoYo

親愛的YoYo：

如果你老是要賴床，然後會遲到，那麼你就應該作業老是寫不完、到考試前

一天才發現書本怎麼都沒有唸？都要吃飯了，你還在看卡通影片，怎麼叫都叫不來，對不對？

（你怎麼知道？）

本大夫當然知道，原來你的品學兼優都是假裝的。告訴你，百分之八十以上的賴床都是心理問題，而不是生理問題。別相信鬧鐘，鬧鐘只能叫醒我們一根手指頭！

教你幾招秘方：

一、良禽擇木而棲：你不一定要睡在自己的床上，那太安靜了！你可以換個地方睡。好比睡在客廳，像爸爸如果做錯什麼事的下場一樣。隔天一大早，媽媽醒來煮早餐，哥哥在那邊刷牙，姊姊還要洗澡，爸爸出去慢跑，請他們每個人拍一拍你。美好的早晨，吵吵鬧鬧的客廳，很快你就不想睡了！給自己一首主題曲（出埃及記、英雄交響曲……）用最大的聲音加入吵鬧的陣容，像宣佈什麼一樣讓天下的人都知道你醒來了，地球因你而轉動，一個早上正式開始！

二、內分泌平衡法：你知道人的腎上腺皮質素在傍晚，還有清晨時最低。這時正是生物時鐘最低潮的時刻。你可以在清晨六點鐘，約你最喜歡的男生或女生去吃早餐，這對內分泌會有幫助的。再說如果你非遲到不可，六點半，很嚴重了吧，遲到半個小時！但是上學，你還綽綽有餘。真的沒有魚，那蝦米也沒關係，找個你的同性好朋友一起去參加晨泳或土風舞，當作你是聞雞起舞好了！

三、暴力甦醒法：如果以上都無效的話，那只好來狠的了！請你的兄弟姊妹幫你（必須確信他們會比你早起）。別叫媽媽做，媽媽絕對不會同意。請他們給你預警三十秒，三十秒內如果不自動離開床鋪，請他們嚴格執行，捏住你的鼻子蒙住嘴巴，不管你怎麼掙扎，直到你離開床鋪為止。除非你像青蛙一樣用肺呼吸，不然我保證你絕對醒來。最好你自己簽下切結書，保證絕不翻臉，也不打架！要不然，很快就沒有人願意幫你了！

聽來都很可怕。有沒有不費力，又保證不遲到的方法？有！這個方法絕對可以保證。（什麼？什麼？你睜大了眼睛。）這可是最後一招了，非到不得已別輕意使用：

抱著棉被到學校去睡覺！

通常來說，會賴床都是選錯了鬧鐘，只要用對了鬧鐘……嘿嘿嘿，保證不賴床！

如何戒掉打電玩的習慣

懸壺濟世的烏魯木齊大夫：

拜讀您的大作〈掛號求診要訣〉，我終於了解了第十次起義的要訣，我的問題是『如何戒掉打電玩的習慣？』

誠懇的　陳智盈

誠懇的陳智盈：

恭喜你，領略了掛號求診的要訣。希望你也能領略戒電玩的要訣。

有時候戒掉某些東西是很容易的事。有些人說：『我要戒掉打電玩。』果然他這一生沒有再碰過類似的東西。

有時候也很困難。針對那些很困難的人，本大夫提供下列幾招：

一、這次來真的：玩什麼水滸傳、三國演義？沒水準。不會去找本原文的經典名著來看。看完原著，那些打電玩的人都比你遜多了，下次他們誇耀自己的分數，你就問他們一些原著典故。不懂典故？跟人家混什麼電玩嘛？還有那些打什麼排球、高爾夫球、籃球的人，不會去玩真的？愛玩跑跑卡丁車，年紀夠了，去參加駕駛訓練班，考考駕照。年紀不到，也可到兒童樂園玩碰碰車。愛玩wii拳擊、打架的去學柔道、拳擊。既發洩，又可以鍛鍊身心，何樂而不為？

二、讀書不忘遊戲，遊戲不忘讀書：玩電動玩具沒什麼不好，只有為玩電玩荒廢了正事，那才可怕。想玩電玩嗎？可以，給自己一個嚴格的規定，先讀完了書，做好了課業，再玩電玩。做兩個小時的功課，玩兩個小時的電玩。相當公平！只要你認真遵守規定，我相信不久的將來，你的老爸老媽就會來問你，為什麼不多打一點電玩，才好多讀一點書？

三、請教育部幫忙：把電玩列為學測的項目之一，像數學一樣。如此一來，為了得到高分，所有學生假日都不能去玩，必須在家裡練習電玩。父母親看孩子電玩的成績一直沒有進步就會大罵特罵，覺得子孫不肖。補習班還有一流名師專門教導如何爭取高分。萬一電玩考試成績不夠，學校老師還會體罰。要努力，用功，奮鬥。電玩的成績不夠，將來如何進入一流的大學呢？以後就是一天少睡三個小時，也要把電玩這一科弄好！電玩考不好，下個月的零用錢減半！電玩考不好，就別想交異性朋友！相信不久的將來，除了少數靠電玩吃飯的專家以外，所有的人一見到電玩恨不得消滅而後快（像數學，歷史，地理，國文……一樣），這樣電玩就再也不能殘害我們的青少年了。

當然，這還要靠教育部幫忙！

這種方式雖然殘忍，
可是絕對有效！！

學English，先蹲馬桶！

Dear Dr.烏魯木齊：

我快要Go crasy了。

請你一定要Do我一個Favor。

每次我背英文單字都背不起來。你有沒有什麼Good Idea，讓我統統都背起來？

如果你有什麼好辦法告訴我，我一定會Thank You Endless。

小琪

Poor小琪：

發瘋的單字是C-R-A-Z-Y，不是C-R-A-S-Y，拜託，讓我『ㄕˇ』了吧！（比『ㄙˇ』了還要厲害的比較級。）

不過既然妳有心求教，表示妳還有一線希望。本大夫提供妳幾項秘訣，保證讓妳一次Happy個夠。

一、勤練內功：練家子練氣，首重練內力。就算少林真傳，也是從挑水砍柴開始。字彙的內功之養成，非一日可及，須日日月月，歲歲年年。這事看來困難，行來簡單。

在馬桶上準備英文單字一本。妳每天都很忙碌，但總要上廁所吧！很好，上廁所是少數人類持之以恆的工作之一。每當一人獨處之時，精氣神契合為一，此時，將廢物排出，太虛之間一片混沌，吸收力特強，或長吟或默唸，或狂嘯或沈思，保證單字過目不忘。積沙成塔，聚水成河，日積月累，成果驚人，不可不謂化腐朽為神奇！

二、花拳繡腿：練內功耗費時日，成效不易彰顯，先學一些花拳繡腿以提高學習興趣，同時也可唬人。Phenomenon（現象）又臭又長，不知如何學起。免驚！She（Phe）no-men-on（她沒人上），多麼經濟實惠！再賣弄一下，眼鏡兩片是Glasses，褲子兩管是Trousers，剪刀兩葉所以是Scissors，統統都要加s。但是Bra為什麼不要加s？明明有兩個。

英文單字每個字都有一些兄弟姊妹、堂兄弟、表姊妹的字，一次解決，效果驚人。

妳問我Bra是什麼意思。拜託，讓我『ㄕˇ』了吧！自己不會去查字典。

三、苦幹實幹：好了，內功也練了，花拳繡腿也練了，再來只靠妳自己苦幹實幹了。聖人Johnny孔（孔仲尼）曾經訓示我們：『學而時習之，不亦樂乎！』別上學坐公車的時候背單字。妳都老是在睡覺，根本背不起來，對不對？

（你怎麼知道？）

因為我以前就是這樣。有錢的，去弄台電腦字典，把背過的字記憶起來，在公車上拿來考自己。沒錢的，也沒關係，把課本、參考書的測驗都影印起來，撕成一小塊、一小塊，隨時帶在身上，無聊時拿來考自己。保證比俄羅斯方塊有趣！

好了，最重要還是妳自己。趕快make up妳的mind吧。還con什麼sider呢？

烏魯木齊大夫祝福妳。

英檢
SHIT~SHIT~耶~我終於學會這個單字了!!!

每日一摔學騎單車

好心的烏魯木齊大夫：

小姑娘我是就讀國二的學生。心中有個深藏已久的煩惱，那就是我……我不會騎單車啦！嗚！嗚！嗚……人家快哭死了啦！你一定會覺得我很笨吧！只要我每次騎單車就會害怕，無法保持平衡，接著就搞得全身是傷啦！才使得我到現在都還不會騎單車。而每當看見別人騎單車的英姿時，我心中就……唉！麻煩心地正直又善良英明的烏魯木齊大夫能可憐一下小姑娘我，教教我怎樣能把病治好，小姑娘我當感激不盡！

病情嚴重的笨女孩　敬上

親愛的笨女孩：

正直又善良，英明又好心……。妳看，本大夫未見好德如好色者。如果妳把PMPMP（拚命拍馬屁）的聰明才智拿出萬分之一來學單車，別說單車，恐怕就是太空船妳都學會怎麼開了！

下次不要隨便拍馬屁，知道嗎？不要隨便拍，拍得那麼少（才沒幾個字）！（老實說，被拍的滋味還滿好的！）

本大夫雖然曾說過治標治本不治笨，可是一時仁心大發，傳授妳幾招：

一、柔道精神：學過柔道沒？為了防身，本大夫就學過。學了一個月，別的不會，學會以最優雅的姿態被摔。遇見歹徒，自動摔跤，省得歹徒費事。

妳要學單車，沒被摔過？太遜了吧！來，戴好安全帽，戴好護膝、護腕、護肘，從被摔開始學起吧！正面摔、左側摔、右側摔、過肩摔。妳就當作是學柔道好了，當妳初級課程都摔得差不多，有一天妳覺得老是這樣摔沒什麼意思，忽然就會了。

真的，沒騙妳，每個人騎單車都是『忽然』會的！

二、每日一摔：如果妳覺得這樣摔好可怕！那沒關係，我們不要急，只要有恆心，鐵杵也能磨成繡花針。有人用筆寫日記，有人用K牌軟片寫日記，我們用摔車來寫日記。

『苟日摔，日日摔，又日摔。』就是告訴我們，每天摔，天天摔，摔了再摔的道理！

『天行健，君子以自強不息。』摔久了，妳就真的一點也不衰了！

三、你摔我摔：如果這樣不行，找個仇人。有仇人就好辦了！你們兩個人都不會騎單車。你們猜拳、玩撲克牌，怎樣都行。輸的人罰騎單車一次。妳為了置對方於死地，一定會想盡辦法的。這樣你摔我摔，摔一個你，再摔一個我，將咱倆打破，用心再摔。妳早就摔紅了眼，那還顧得了自己的疼痛？

只要曬黑一點，就算摔得
鼻青臉腫也看不出來了！！

現在妳知道秘訣了吧？總之，就是用最好的心情和保護摔、摔、摔……。

如果都不行，那妳只好多學學游泳。（那有什麼用啊？妳問。）當然有用，

如果妳總是嗚嗚……，人家快哭死了啦這一招，當然身材就得練好一點。要不然，又笨、又哭、身材又不好，那個男生願意騎單車載妳啊？

考試成績，看招！

親愛的烏魯木齊大夫：

新學期開始了，這學期我給自己立下了一個志願，那就是好好用功讀書，爭取好的成績。

不瞞你說，這已經是我第十次立下這種志願了，前九次都沒有成功。

你可不可以幫助我，讓我這一次不要失敗？

維維

親愛的維維：

你有沒有看見人家電玩美女麻將？那種通宵達旦，夜以繼日，不屈不撓，功力進步之神速，非達目的絕不甘休之精神，實在教我們領悟到人人皆可為聖賢的道理。你說讀書沒什麼意義，那我告訴你，美女麻將更沒什麼意義。人生真的要都來問意義，那也就算了。孔老夫子說，吾未見好德如好色者。那就對了。

要是你還不開竅，那我只好再傳授你幾招：

第一招叫王子復仇記。選定一個仇人，有仇人就好辦事了。這個仇人可以是打小報告的卒仔，上次把你的情書貼到公佈欄的女生，或者任何看不爽的人。先不要野心太大，每科都要考贏他（她）。你說他太厲害了，歷史地理總背得過他吧，專心一下嘛！去買仇人貼紙。什麼小狗小貓都可以代表，幹掉他一次，就在書包上貼一隻，那是你的戰利品。切記，自己爽就好，不要張揚招惹人厭煩。再說，敵人知道你的企圖，他的功力當場增加三倍，你也不划算。不要老是叮一個

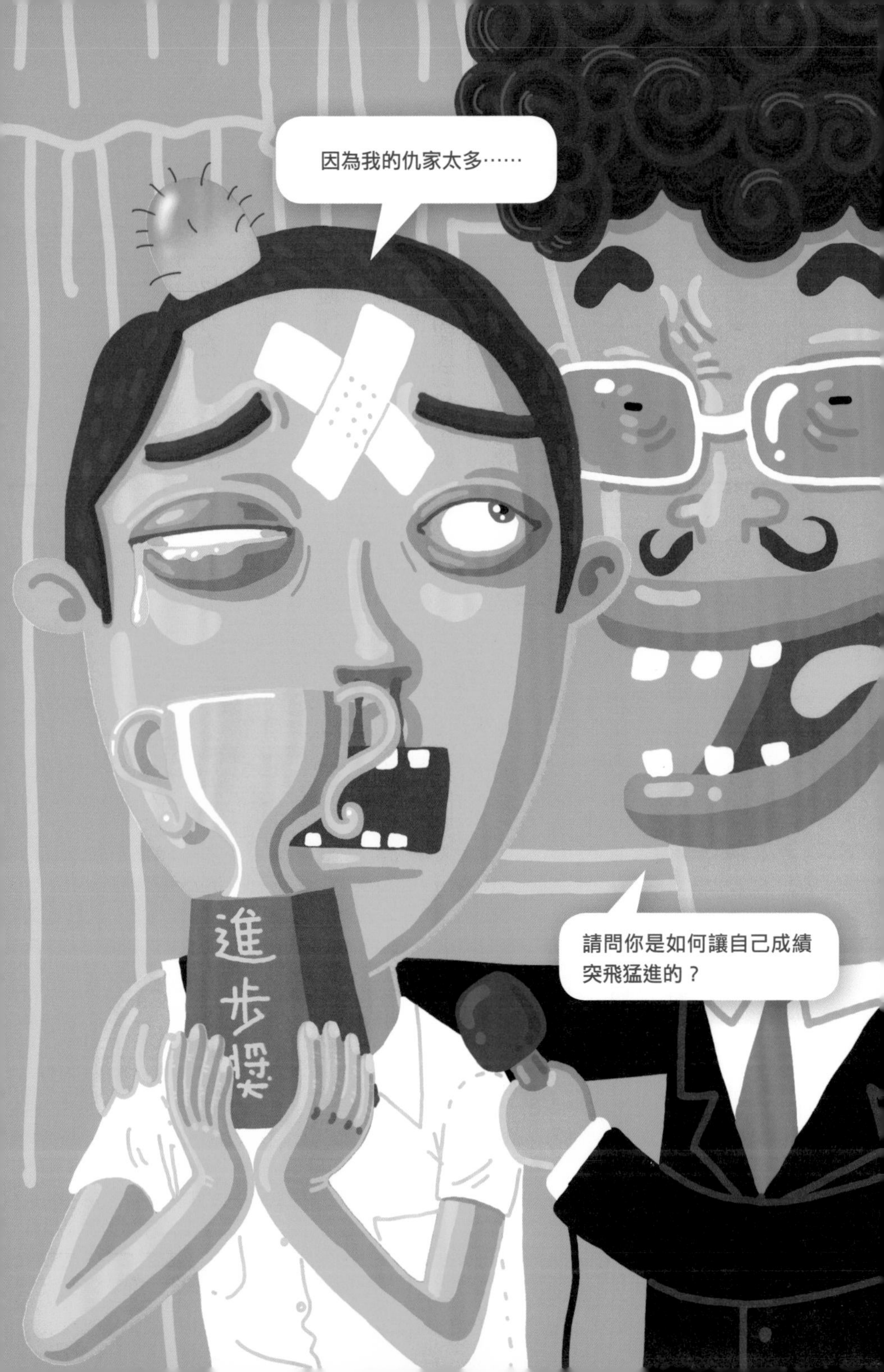
因為我的仇家太多……
請問你是如何讓自己成績突飛猛進的？
進步獎

仇人，一旦你把貼紙貼滿了，就表示你該換一個進階級的對手了。

第二招叫我是笨蛋法。這招專治神經兮兮、患得患失的人。寫幾張大字報，我是笨蛋。我是笨蛋。別嘴巴說自己是笨蛋，心裡還好生懷疑，我真的是笨蛋嗎？真的是笨蛋就好辦了。書不用讀太多，但是讀到的都要會。考試的時候心裡想，我就是讀這麼多，你別給我碰到，碰到我絕對叫你好看。你看一張考卷一百分，你一直防守到最後剩沒幾分，多傷感情。如果你是笨蛋，本來活該零分，進去不小心碰到認識的，撿了幾分。走沒兩步，又碰到一題，多麼愉快。大學學測的數學高標準也才不過三、四十分，高中三年，一年讀一點書，撿個十分就很兇了。所以說笨吾笨，以及人之笨。笨雖笨，但是還有許多人比我們更笨。

第三招叫偷天換日法。平時你到考試前一天書還讀不完，隔天只好看你滿頭包了。所謂妻不如妾，妾不如偷。你何不偷一點時間，把責任範圍內的讀書業務提前做完。不用太騷包，提前一天就很悍了。你可以考試在前一天花一點點時間再複習一遍，剩下時間去找人打球，看電影，或者很壞心地抱怨都讀不下書，混淆視聽。心胸多麼舒坦。

好了，有招還不如無招，運用巧妙，存乎一心。有效請大家告訴大家，有問題歡迎來信哭訴，不服氣也歡迎來信申訴。廢話少說，就此打住。

兩台卡通統統看！

聰明的烏魯木齊大夫：

您好！雖然我只是個小孩子，但是我也有煩惱。或許我的問題很簡單，但對我來說卻很困難。那就是我以前經常埋怨電視都不播好看的卡通。現在可好了，好看的卡通都出現在同一時段，害我看這一台時又想看另一台的劇情。請您教教我吧！（註：這兩檔卡通人物都很漂亮，而且又不分上下。）

卡通迷

聰明的卡通迷：

公車每十五分鐘來一班，你有沒有經驗等了四十五分鐘，結果同時來了三班？

你的問題雖然是小孩子的問題，但是並不簡單。這種麻煩是人生的縮影，告訴你一件壞事，以後你慢慢長大，這種事多得很呢！

烏魯木齊大夫幫你想幾個簡單的辦法，保證再沒有更好的：

一、**『兩台都看』**：（怎麼可能？你滿臉都是問號。）當然可能，現代科技什麼都有可能。你可以看一台，用錄影機錄另一台。（我們家沒有錄影機！你又大叫抗議。）這也不難，花一百元去買錄影帶，請家裡有錄影機的小孩子幫你錄。（萬一人家不肯呢？你又問。）那只好去求老爸老媽了！（別傻了！你很世故地搖搖頭。）別那麼肯定。我告訴你，你去和老媽打賭，你偶爾反常地考了第一名，或者是幫忙洗碗洗半年，家裡會有一台錄影機也說不定！

二、『只看一台』：（天啊！那另一台怎麼辦？如果是這樣，那我還用問你？你不滿地表示。）只看一台也不是什麼壞事。像本大夫我，只有一個老婆，有時候也看到別台很漂亮，又不分上下的女生時，也是從一而終，從來不敢心生二志。我一樣十分快樂。你從小訓練只看一台，長大了一定是個好老公或是好老婆。有個補償的辦法，你可以找個和你有同樣煩惱的小孩子，你們各看一台，明天彼此講故事。你看！雖然少看一台，但多聽了一台，多交了一個朋友，多講了一個故事，你太划算了！

三、『兩台都不看』：少看一台實在很可惜，可是如果兩台都看不到，那就不是可惜，而是命該如此了！你一點也不會對不起任何一台，非常公平。你知道就在這個同時全世界有多少非常好看的卡通正在上演而你卻不知道？看不到？你有沒有因此很痛苦？沒有！可見重點不在你有沒有看到，或是你看了幾台。只要你不知道，你就很快樂。好了！你現在什麼都不知道！懂嗎？你可以利用兩台都不看的時間去從事一點有意義的工作（造橋鋪路、助民收割……）。你會對自己偉大的情操肅然起敬的！

別擔心，你的病情絕對不嚴重，還沒聽過因不看卡通致死的。也許三個方法你都不滿意，但我保證你找不出別的方法了。你只能選一個去接受。人生如此，你慢慢長大就會知道！

只有一台電視，卻想同時看兩台，我想，把電視砸爛，會是唯一的解決辦法~~

Chapter 5

特殊隱疾秘診間

醫院白色恐怖症

Dear烏魯木齊大夫：

有些人生來就怕上醫院，偏偏我老爸是其一。而且他的頑固加鐵齒常會因而延誤病情，該如何讓他對醫院不再有『白色恐怖』呢？

小IQ

親愛的小IQ：

妳的老爸不上醫院不一定是害怕，請妳不要以小人之心度大人之腹。

我們先找出老爸不肯上醫院的理由，然後才能對症下藥。

一、經濟上的因素：許多老爸節儉成性。小小毛病，給醫師摸摸敲敲，寫幾個英文字，所費不貲，實在太可怕。才醫好了心臟病，看到賬單，又復發了。

對付這種老爸，只有以其人之道，還治其人之身。送他一張全身檢查招待券（不管妳是買來的，或是怎麼弄來的），價值一萬元。而且到月底就過期無效了。告訴老爸是朋友送妳的，請妳的老爸去檢查身體。如果不去，一旦過期，這一萬元就虧了。妳的老爸這麼節儉，檢查身體，賺了一萬元，不賺白不賺，他一定肯幹的！（就像所有吃得很少的媽媽，請她去吃不限制取用的歐式自助餐時，總會令人跌破眼鏡一樣的道理。）

二、信心上的因素：老爸的毛病原來已經是老毛病了，他看過了不知道多少醫師，每個醫師都告訴他多喝開水多休息。他實在是失去信心了。『看來看去還不是差不多！』妳的老爸抱怨。

對付這種老爸只好以經驗取勝，須知再好的醫師也是需要廣告的。找個身體症狀與妳老爸相似的人，讓他大吹大擂某個醫師是如何華佗再世，如何醫好了原來與妳老爸相似的毛病（這個醫師必須不是旁門左道的江湖術士）。如果妳的老爸還半信半疑，再找個別人也吹牛一次。三人成虎，相信妳的老爸信心大增，立刻能拋下白色恐怖，直奔醫院的懷抱！

三、心理上的因素：如果不是一、二的問題，是別的心理上的因素，像是怕麻煩啦，害怕啦，就比較棘手。不過也有辦法。妳的老爸不想上醫院是不是？沒關係，把醫院搬到家裡來！怎麼搬？笨蛋！不會交個醫學院畢業的男朋友！嫁個醫生不容易，交個朋友應該比較簡單吧！如果妳還小，這個任務就請妳姊姊來擔任。請他把聽診器、注射筒都搬到家裡來約會。妳老爸不想看醫生，可是醫生來看他，總不能拒絕吧！

兒子，醫院的護士小姐都這樣的嗎？
嗯~那待會我要去掛個號先~~

跳樓拍賣要你命

烏魯木齊大夫：

又到了年終大拍賣的季節，我一上街就看到到處在『跳樓大拍賣』、『血本無歸大拍賣』、『老闆不在夥計偷偷賣』、『特惠三折起』、『滿一千元就參加抽獎』、『送你夏威夷來回機票』。我就衝動得不得了，好像買得愈多，賺得愈多。我買紅了眼睛，『痛快』無比。等回到家裡，『快』感漸漸消失，只剩下痛感，簡直痛不欲生。我狠下決心，立誓痛改前非。烏魯木齊大夫，求你賜我良方，讓我重新做人吧！

購物狂

親愛的購物狂：

烏魯木齊大夫同情你的痛苦，本著人飢己飢，人溺己溺的精神，不顧百貨公司老闆的反對，以及甘冒妨礙經濟進步的大不韙，提供你幾帖良方：

一、想好再出門：有人逛街是去買東西，有人逛街卻是去看看有什麼東西好買。兩者看起來差不多，下場卻截然不同。

想好了你要的東西再去買，找個冷靜的反對黨陪著你，別一群女人或一群意識型態相同的人一起去衝鋒陷陣。把採買當一件有趣的大事，有組織，有計畫，有步驟，有條理，有方法地去著手。心情不好不要去買，心情太好也不要去買；無聊時不要去買（看場電影多便宜），忙碌時不要去買，寂寞時不要去買，起鬨時更不能去買。

二、由儉入奢：你一出門，看見喜歡的東西，一出手就是一、兩萬元，你當然開始自暴自棄了。反正一、兩萬元都買了，不差個幾千元。你愈買愈多，不可自拔。不對！剛好相反。你先從便宜的東西買起，當你辛辛苦苦地殺價，總算殺下了二十元之後，你會覺得須知盤中飧，粒粒皆辛苦。這時候，老闆的笑臉，看起來沒有原來那麼可愛了。你的目光敏銳，頭腦冷靜，價值標準判斷正常，再參考本大夫的『殺價講座』，一路過關斬將，保證你連戰連勝。

三、留下計程車錢：如果以上的方法你都做不到，我勸你先留兩百元計程車錢下來，一次出門只帶你的理性同意你花的錢，花光了就回家。把你的信用卡燒掉，別相信你能戰勝信用卡。本大夫有個朋友離家出走，他的老婆把他的信用卡拿去花用，威脅他一日不回來就一日逛百貨公司一次。我的朋友不敵信用卡，抵抗不到三天就投降了，信用卡之威力可見一斑。

如果以上對你都無效的話，那你的問題就比較麻煩。不過本大夫還有一帖，不到緊要關頭不輕易使出來。

這是唯一讓妳出不了門的方法了！！
忍著點吧！

所謂沒有盲腸就沒有盲腸炎，你不出門總可以吧！請你的老公、老婆、親人把你關起來，綁起來，其至把你敲昏。別難過！你雖然暫時失去自由，可是如果一天的不自由可換取幾萬元的代價，烏魯木齊大夫說：

『求求你蹂躪我吧！』

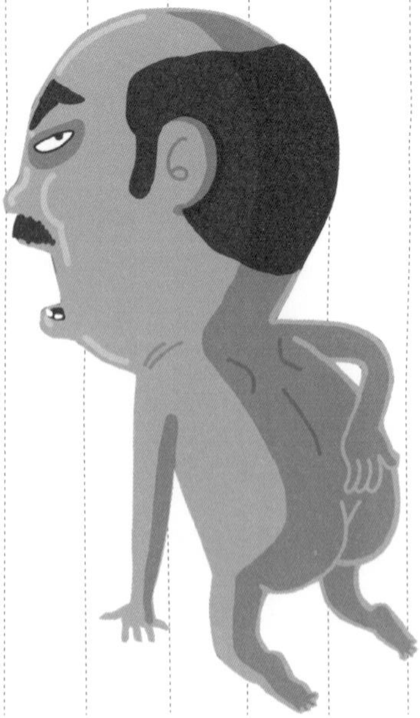

用主管請來瞌睡蟲

烏魯木齊大夫您好：

能否以你高明的醫術，為我解答困擾很久的問題。

我常常失眠。整個晚上就聽著時鐘滴答、滴答地走，愈想睡愈睡不著，每到了睡覺時間我都非常緊張。不知道怎麼辦才好？

拜託你幫我想一些辦法吧！

美麗

親愛的美麗：

妳是不是晚上睡不著覺，白天到了公司就打瞌睡？只要一開會，或是主管訓話，妳立刻睡著了？（對，對，對，我看著妳一直點頭，問我怎麼知道？）本大夫當然知道。因為和妳幾乎一模一樣的來信就有數十張之多。

在妳沒有到神經內科門診或是精神科門診掛號之前，本大夫提供妳幾個方法，妳不妨試試：

一、身體VS精神法：妳可以試看看買一雙球鞋，晚上睡前出去慢跑，跑個一千公尺，兩千公尺，五千公尺，全看妳的體力而定。體力差一點的人，兩千公尺就夠妳呼呼大睡了。跑完了，別忘了沖個熱水澡，有病治病，無病強身。就算還是睡不著，至少也運動了，不是什麼壞事。別再想任何白天的事，妳找本自己喜歡的小說，把自己輕鬆地擺在床上看小說。偶爾，不妨來一小杯濃酒。確定是一小杯就好，免得治好失眠，變成了酒鬼。

當所有方法都無法讓你入睡時，只有這個方法最有效~~~

二、情境治療法：妳什麼時候最容易睡著？主管訓話？開會？數學老師上課？妳既然能睡著，那就好辦了。佈置妳的睡房接近那個情境。什麼人的威力最大，妳就把他的聲音用高級錄音帶錄起來，回家用身歷聲音響播送出來。妳認真地聽講，想像正身歷其境，馬上就睡著了。為了使得效果更加逼真，妳還可以把主管的相片照回家，放大貼在牆壁上。妳在他監視之下睡著了，那是妳再拿手不過的把戲。妻不如妾，妾不如偷，偷還不如偷不到。妳睡得又快又好，夢裡也會笑。

三、顛倒日夜法：妳知道永和的豆漿為什麼好吃？因為它是晚上吃的。換成白天吃滋味就沒那麼好了，對不對？妳不喜歡晚上睡覺，那就白天睡覺好了。那工作怎麼辦？睡覺都睡不著了，還怎麼工作？換個晚上的工作，7-ELEVEN、麥當勞都沒關係，薪水不但比白班高，妳還可以白天睡大覺，何樂而不為？萬一還不行，那怎麼辦？如果真的不行，看來妳的問題嚴重。有種毛病叫作過敏性失眠症，對工作過敏。不曉得妳是不是這一種？患這種病的特徵是只要把工作辭掉，失眠立刻就好起來了。

對，對，妳就是這種。妳一直點頭。可是沒有固定的工作怎麼辦？簡單，本大夫教妳一招輕鬆又賺錢的好方法；

妳猜對了，去賣失眠治療錄音帶！

衰吾衰以及人之衰

勇於接受挑戰的烏魯木齊大夫：

今天我倒楣透頂了！出門上班，眼見就要遲到了，找不到雨傘。走在路上被計程車濺了一身。好不容易上了公車發現沒有零錢，司機又不找零。不但如此，身旁還坐了一個討厭鬼。衝下公車時跌了一跤。走在路上踩到大便。一路小狗還對著你汪汪地叫。

當你終於上氣不接下氣跑到公司時，警衛人員告訴你，今天是彈性休假，全體人員不用上班。

天啊！當你這麼倒楣的時候，你該如何是好？

倒楣鬼

可憐的倒楣先生：

你可以學電視上來一片口香糖，看看心情會不會好一點？

如果不行的話，把電視關掉，（如果有錢的話砸掉更好！）本大夫提供你幾個妙方：

一、號啕大哭：你有多久沒有哭過了？好看的悲劇電影愈來愈少，你又沒有那麼悲慘的命運可以哭自己。恭喜你！你總算有藉口了。再說，哭有助身心健康，促進淚腺分泌，通暢鼻淚管，可說是有病治病，無病強身。

有個重點是，最好找個有人認識你的地方哭。

你那麼倒楣，值得讓別人與你共享。你也許一時說不清楚，多講幾次就能說出你倒楣的重點與精華，說到連你自己都覺得好笑為止。怎麼有人倒楣成這副德行！

二、給自己獎品：你平時經過百貨公司是不是看到過什麼覺得非買不可，可是想到……理由，反正你決定不買了。恭喜你！今天你可以大買特買了。最好你是有信用卡。命運既然對你那麼不公平，只有你自己可以好好對待你自己。買個禮物給自己當獎品吧！別擔心你的老公的表情。你先買了再說，人不是那麼好狗運，每天都能那麼倒楣！

三、衰吾衰以及人之衰：你很衰。可是別難過，有人比你更衰。

你怎麼知道有人比我更衰？你問我。

那容易，你去買份報紙，衰的人多得是。你可以坐在咖啡攤上，一點同情心都沒有，一邊看，一邊笑，多過癮！笑過了之後全身幸福感油然而生。你很滿足，這時，別忘了去捐一點錢給那些基金會、功德會，救救那些比你更衰的人吧。

當然，以上這些都要花力氣和金錢。如果你還不滿足，這是最後一招了：

四、惡作劇一下：不用上班的早晨，這時你的朋友一定都還在被窩裡享受。打個電話把他們一一吵醒，讓他們和你一樣倒楣。你怕他們知道你惡作劇？那容易，就說你是空中補給站收視率調查中心，請問他們有沒有收看晨間新聞……，你看，同時有那麼多人因為你的倒楣而倒楣。這下你總該高興了吧！你這種人，祝你倒楣！

衰？去醫院急診室裡瞧一瞧，
你就會知道什麼才叫做衰！！

國稅局專治愛花錢

Dear烏魯木齊大夫：

小女子我沒啥嗜好，就是愛花錢，一點零用錢三兩下就花完，到了真正需要花錢時，就沒錢了。我也一度想將錢存在撲滿裡，只不過我那可憐的豬公，不但三餐不繼，而且沒過多久就被我開膛破肚。所以至今仍未存下錢來。麻煩聰明睿智的烏魯木齊大夫能把我這毛病醫好。要是真能治好我的病，小女子將以身相許！

三八號病人　敬上

親愛的三八號病人：

妳當然可以發給妳周圍所有的人一把鐵鎚，請他們任何一個人看到妳花錢時就重重地捶妳一下，好讓妳清醒一點。

不過看妳的病歷，我很懷疑要不了多久，妳就被捶成癡呆了。開幾帖藥方妳服用看看：

一、萬稅萬稅萬萬稅：想一邊花錢，同時又能擁有公共建設的經費，我勸妳弄個國稅局給自己抽稅，成立國庫，以應『真正需要』時之開支。怎麼抽稅？問這個問題太不上道了，隨便問個愁眉苦臉的大人都知道。妳再厲害，國稅局都有辦法修理妳。

妳愛花錢，很好。每花一百元，國庫就抽取百分之五的貨物增值稅。愛看電影？可以！當場課徵娛樂稅百分之二十。其他還有進出口關稅、成績不及格罰款……，閉著眼睛都可以講出一堆。妳花得愈多，外匯存底也就愈高。當妳的零用錢都花光時，也就是國庫飽滿的時刻，妳一點都不用擔心『真正需要』時的問題。

二、貸款：別老是把國庫設在妳的豬公肚子裡，然後盜用公款！妳這麼沒有自制力，只好教妳硬著頭皮去跟老爸老媽貸款了。貸款不難，清楚地寫下妳的貸款用途計畫及切結書，設定一年分期低利貸款，還款方式從每個月核發的零用金中扣除。妳領到的零用金愈來愈少，這是沒辦法的事。妳享受了先天下之樂而樂的快感，當然也有必要盡一點義務。妳先實習信用透支的痛苦，免得將來長大了真的跳票，流亡海外。

三、好人好事獎勵金：和老爸老媽打個商量。妳那麼窮，請他們設置一個好人好事獎勵辦法，每次有一定的獎勵金。妳考試第一名，可以免除五百元的貸款。妳一個月不花錢，送妳儲蓄獎勵金三百元。妳行為端莊，表現良好，孝順父母，敦親睦鄰，致贈獎勵金一百元。看在錢的面子上，妳會成為一個有為的青年，國家的棟樑，民族的救星的。

如果以上的辦法都無效，妳還是欠一屁股債，那麼我保證妳需要的不是大夫，而是一個肯把妳從妳老爸老媽那邊贖身出來的老公！

我？不，不，謝謝。妳知道，一個大夫願意為病人冒著生命的危險不計一切，那是因為冒的生命危險是病人的。一旦不幸被妳以身相許，那我就得開始冒著自己生命的危險了！

來吧！就把我當作小豬撲滿吧！保證妳存了之後不敢挖出來！！

色狼，饒命……

親愛的烏魯木齊大夫：

當你碰到性騷擾時，你都怎麼辦？

阿潘

美麗的阿潘：

基本上，妳的問題前提是不成立的。本大夫從來沒有碰過性騷擾。當然那是本人的煩惱之一，不過並非沒有經驗就代表本大夫沒有研究。

依照本大夫的心得，性騷擾可分為兩種。一種是好男孩碰到，一種是好女孩碰到。如果是好男孩，那容易，你回家就是了。時代不同，男孩子晚上要早點回家，外面壞女孩很多。不信回家問你媽媽，她一定這麼說。

如果是好女孩，那也可分為兩種。一種是好女孩碰到好男孩性騷擾，另一種是碰見壞男孩。如果是好女孩碰見好男孩，那容易。一個好男孩對好女孩所能做出最大的恭維不外是求婚，再來就是性騷擾了。恭喜妳！請妳再接再厲，想辦法讓他對妳求婚。妳說不曉得怎麼分辨好男孩壞男孩，他們看起來都差不多。回家問妳爸爸，他一定知道。

如果以上皆非的話，那妳鐵定是遇到壞男孩了。

等等，先別急著尖叫。保持鎮靜。妳花容失色、花枝亂顫，都使妳看起來更加風情萬種，正好挑動他的性趣。以不變應萬變，讓他自討沒趣。萬一還不行，本大夫再提供妳幾個秘方：

向他傳教。不管妳信的是什麼教，告訴他審判日就要到了，人是有罪的，信主可以得永生。也可以請他常唸阿彌陀佛。再不然請他響應慈濟功德會捐款，捐血中心捐血，或者兒童癌症基金……，儘量表現妳的狂熱，激起他對人類苦難無可抑遏的憐憫。也許妳真的有意想不到的收穫。

打消他的興趣。如果他竟還緊追不捨，『小姐妳好漂亮，我請妳看電影好不好？』遇見這種登徒子，乾脆直截了當回答他：『不，沒有空。等一下還要回家給小孩餵奶呢！』保證他當場銳氣全消。

給他一個驚喜。恭喜他！他上電視了。隨便指一個方向，告訴他隱藏的攝影機的位置，剛剛過程已經都錄影了，問他願不願意上電視接受訪問。保證他嚇得屁滾尿流。

什麼？以上皆無效？太可怕了。

好，找醫生不如找警察。再給妳一個最後的建議：趕緊尖叫——

救命！——

『沒想到這世上還有好心人不介意我身上的病毒……』
如果妳這麼說，色狼應該會嚇死……

憋死牆外『狗』

親愛的烏魯木齊大夫：

我快瘋掉了，請你一定要救救我！到現在我已經三天三夜沒闔上眼睛了。我相信只要一闔上眼睛，他一定又出現了！無論如何，我對天發誓，我一定要把他消滅。

對不起，烏魯木齊大夫，我實在太激動了，都還沒告訴你我的問題：如果老是有人在你家圍牆小便，該怎麼辦？烏魯木齊大夫，你一定要救救我。

快崩潰的人

親愛的快崩潰的人：

本大夫十分同情你的處境。不過，先別急，冷靜一下。這是環保問題，我們一定要理性溝通。我們先來想想，一隻狗在沙漠中想小便，牠為什麼會憋死？因為牠找不到電線杆。恭喜！你的腦筋急轉彎一百分！我們來想想空中補給站。嗯，我看見你的眼睛在轉了。我們把他憋死！標準答案！

好，現在就來展開我們的憋死行動。

行動一：給他一座乾淨的牆。

現在就去把牆洗刷完全，雜草拔除乾淨，必要的時候加上油漆。根據研究報告顯示，百分之二十的這類雅癖客無法在一座乾淨的牆前面小便。同樣羽毛的鳥湊在一起，他們和蟑螂、蒼蠅一樣，髒亂加速他們的流暢度，帶給他們興奮的快感。

行動二：增強照明度。

在你小便的同時，如果有好幾盞探照燈同時照著你，你一定當場失去行為能力。你可以加強照明設備。百分之二十的雅癖客無法在潔淨明亮的地方小便。

行動三：給他適度的警告。

『在此小便者是豬。』這樣的警告似乎稍嫌文雅了一點，再說如果豬兒有知，一定要群起抗議。建議你給他一些圖形：如剪刀、鉗子、鋸子之類的工具。研究報告顯示：百分之三十的男性無法面對畫有利刃的牆壁小便。百分之六十的人面對偉人、聖人、宗教家、神像，流暢度當場降低為零。

行動四：你可以在牆壁齊腰的高度開一排透明氣窗，並警告他：內有違規自動照相。

好，現在你可以安心去睡覺了。隔天發現有人昏倒在牆邊，就是那個懋昏了的嫌犯。別忘了把他送到醫院，並請值班醫師為他導尿。

我們下回見。

直接裝上尿斗變成收費公廁，在不景氣的現在，應該可收立竿見影之效！
WELCOME
每次10元
WELCOME!

垃圾，垃圾，我愛你

親愛的烏魯木齊大夫：

如果你是行政院長，對於我們日益惡化的垃圾問題，有什麼徹底的做法？

忍者龜

親愛的忍者龜：

你問了一個很嚴肅的問題，同時也作了一個不可能的假設。好，就假設你的假設成立，本大夫真的變成了行政院長，依照官僚法則第一條：絕不回答假設的問題！本大夫絕對是規避問題的。依照官僚法則第二條：就算回答，絕不回答確定性的答案。因此我們請法國方面的專家設計了A方案，又請美國方面的專家設計了B方案。由於A方案與B方案在做法上有點差異，為求謹慎，我們特別敦聘了國際性的專家再作徹底的討論，相信我們很快就可以提出C方案向各位報告。

倒是有幾個烏魯木齊式的玄想：

一、讓垃圾自力更生：現在的垃圾像是孤兒，全靠政府收養。這種社會救濟式的做法必須靠廉明的政府，而廉明的政府在歷史上又很少出現，所以當然行不通。It's money that makes the world run.請立法院儘速制定垃圾管制條例，嚴刑重罰亂丟垃圾者。把原有關於垃圾處理的稅捐都廢除，政府不再處理垃圾，依使用者付費的精神，家庭垃圾交由民間單位處理，並依內容、重量付費。如此一來，處理垃圾要自己花錢，所有的人都是環保的尖兵。你會發現將有許多家庭主婦寧可自己提菜，也不肯多一個塑膠袋……

二、扶植垃圾產業：國營企業民營化已經是時代的趨勢。一旦收集垃圾有錢可賺，不用擔心，所有民營大型垃圾場立刻如雨後春筍般應運而生，不但如此，自由競爭的結果，還會加強服務品質，如廣設分店，提供二十四小時服務，一通電話服務就到，並請許多美女在電視上大作廣告，ＸＸ垃圾店，讓你耳目一新……

三、加強資源回收：許多寶特瓶、鋁罐都可以回收。現在的回收一個幾毛錢當然沒有人會走上那麼一大趟。不過沒關係，台灣人賭性奇高無比，可以學統一發票的方式，回收資源發給彩票，每月對獎。彩票愈多，中獎的機會愈大。如此一來，所有的家庭寶特瓶、鋁罐等在不花更多錢的前提之下，一定可以得到更好的回收效果。

有一天，當路上的卡拉ＯＫ店、ＫＴＶ店、摸魚店都經營不下去，改成了『烏魯木齊垃圾特約店』時，也就是我們環保成功之日了！

當然，我是說假如啦！

FASHION
只要請國際時尚大師設計幾款垃圾服裝，一旦引發潮流，垃圾問題自然就不是問題了~

爆炸，怕怕……

親愛的烏魯木齊兄：

面對歹徒橫行，胡作非為，小弟實痛心疾首。

在設備不足的情況下，對於高科技之水銀傳導式防震炸彈，不知兄可有任何良策？

憂心人

親愛的憂心大哥：

暴力橫行，本大夫在此亦要同聲譴責。對勞苦功高的警察及爆破人員致上最高的敬意，並祝早日破案。

茲提供本大夫閉門造車，獨家精研異想天開三招，供將來研究人員破解之參考，一般人員請勿輕易嘗試：

一、覆蓋法：光是防爆人員穿防爆衣是不夠的。給爆炸物亦穿上防爆箱。此箱以質密，厚實，耐震，耐爆，體積小為原則。最好是委託台電核能廠來做。如果核能爆炸都能防護，那麼這一點點小爆炸就應不算什麼。將爆炸物團團蓋住之後，請有關首長，或任何黨派願為民除害準備競選公職的人主持爆破典禮。主持人持鐵錘一把，在眾人掌聲及所有媒體之下，用力一敲……

二、彈弓法：如果實在是設備不足，可以到全省各國小，徵求彈弓手小朋友百名。在爆破地點約五十至一百公尺的安全距離劃線一條，請內政部及苦主準備獎金若干，並由電視現場轉播比賽。比賽開始，所有小朋友皆分發彈丸兩顆，輪流發射。命中者，砰然一聲，凱旋樂響起，當場頒發獎金，並發給『為民除害』動章一枚。

三、解鈴還需繫鈴人：保留現場，什麼都不要動，封鎖現場，全國憲警傾全力去追捕歹徒。歹徒伏法的那一天，就是我們拆除爆炸物的那一天。那麼困難的任務，我們請智慧型犯罪的聰明歹徒來替我們拆看看，到底會不會爆炸？

②林祖馬
既然候選人都說自己是無私的想為民服務，那就請他們來服務一下囉~~
②林祖
凍蒜
POLICE

國家圖書館出版品預行編目資料

烏魯木齊大夫說 / 侯文詠著.
--二版.--臺北市：皇冠文化. 2008.02
面；公分（皇冠叢書；第3703種）
(侯文詠作品；04)
ISBN 978-957-33-2395-2 （平裝）

855　　　　　　　　97001414

皇冠叢書第3703種
侯文詠作品 04
烏魯木齊大夫說【全新版】

作　　者—侯文詠
發 行 人—平雲
出版發行—皇冠文化出版有限公司
台北市敦化北秀路120巷50號
電話◎02-27168888
郵撥帳號◎15261516號
皇冠出版社(香港)有限公司
香港上環文咸東街50號寶恒商業中心
23樓2301-3室
電話◎2529-1778　傳真◎2527-0904
出版統籌—盧春旭
編務統籌—金文蕙
印　　務—林佳燕
校　　對—鮑秀珍・沈書萱
著作完成日期—1992年10月
全新版初刷日期—2008年2月
全新版四刷日期—2012年11月
法律顧問—王惠光律師

讀者服務傳真專線◎02-27150507
電腦編號◎010003
ISBN◎978-957-33-2395-2
Printed in Taiwan
本書定價◎新台幣240元/港幣80元